岁月流韵

丁锋◎著

古诗是中华民族几千年的文化结晶

也是一种情感表达方式

走进诗歌园地

犹如打开了一扇诗意生活的窗扉

安徽师范大学出版社
ANHUI NORMAL UNIVERSITY PRESS
·芜湖·

图书在版编目(CIP)数据

岁月流韵 / 丁锋著. — 芜湖 : 安徽师范大学出版社, 2020.12
ISBN 978-7-5676-4850-0

Ⅰ. ①岁… Ⅱ. ①丁… Ⅲ. ①诗集—中国—当代 Ⅳ. ①I227

中国版本图书馆CIP数据核字(2020)第228108号

岁月流韵

SUIYUE LIUYUN

丁　锋◎著

策划编辑: 李　玲
责任编辑: 李　玲
责任校对: 辛新新
装帧设计: 丁奕奕
责任印制: 桑国磊
出版发行: 安徽师范大学出版社
芜湖市九华南路189号安徽师范大学花津校区
网　　址: http://www.ahnupress.com/
发 行 部: 0553-3883578　5910327　5910310(传真)
印　　刷: 苏州市古得堡数码印刷有限公司
版　　次: 2020年12月第1版
印　　次: 2020年12月第1次印刷
规　　格: 700 mm × 1000 mm　1/16
印　　张: 20.75
字　　数: 328千字
书　　号: ISBN 978-7-5676-4850-0
定　　价: 69.80元

自题诗

我本卑微宇宙尘，

亿年造化幸为人。

草根致力天涯绿，

滴水恩泽报咏吟。

序　言

中国传统文化，是民族文明、风俗、精神的总称，是先辈传给华夏子孙的宝贵遗产。在这其中，诗歌占据着独特而崇高的地位，是灿烂文化遗产中的一块瑰宝。子曰“诗可以兴，可以观，可以群，可以怨”，高度概括了诗歌的地位和作用。要学习、传承中国传统文化，通过学习中国古典诗歌，尤其是代表了中国诗歌最高水平的唐诗（主要是近体诗，也称格律诗），无疑是走进中国传统文化圣殿的捷径之一。

我结缘格律诗是在1984年，那年我在部队任文化干事。当时全国各行各业在“向科学进军”的号召下，掀起了学习科学文化的浪潮。军队也不例外，总政（中国人民解放军总政治部）下发了《语文基础知识》一书，要求部队组织学习。在履行职责组织好所属部队学习的同时，我也静下心来认认真真地学习了这本书，特别是“诗词格律简说”这一章，基本了解了格律诗的平仄、押韵、对仗三要素，起、承、转、合的写作章法，赋、比、兴三种诗歌表现手法。1985年部队整编，我所在部队又接收了兄弟部队转移来的一大批图书，我的工作又增加了管理图书一项。我既是馆长又是忠实的读者，有幸阅读了许多古代大诗人的名著名篇。到了这个时候，我感到阅读已经不能满足自己对格律诗的爱好，于是开始尝试着动手写。万事开头难，特别是语文基础差带来的困难让我的写作之路更不易。我1966年上小学，当时正好赶上“文化大革命”，学校教学秩序受到干扰，学生也无心学习，后来名义上我是工科大学毕业生，但实际的语文水平不比现在的初中生高。现在回过头来看，我很庆幸自己不服输的性格，没有在困难面前退却。就这样我边工作边学习，书本就是我唯一的老师，我在诗歌的海洋中学习游泳，提高技能。

人生如浮云。以诗绘人生轨迹，言雄心壮志，吐胸中块垒，抒性情素怀，发怀古幽思。几十年来，有酷暑寒冬吟读的辛苦，有为斟酌诗中一字的无眠，也有诗成后的满足，更有表达出内心喜怒哀乐的畅快。将这些人生点滴收集整理成《岁月流韵》诗册，使我感到人生易老，岁月如歌，泥鸿掠影，吟笔留情。

根据自己学诗写诗的实践，下面谈谈我对格律诗创作的几点认识：

一、善于学习。学习是人生一大幸事，学无涯，思无涯，乐亦无涯。格律诗少则20个字（五绝），多则56个字（七律），仅用几十个字就把心中想法真实、完整、艺术性地表达出来，要求作者必须有足够的知识储备，除了须掌握格律诗写作要求外，还要学习其他学科的知识。这就要求我们向书本学习，研读名家诗作，感悟名家写作艺术；向社会学习，名胜景点的碑刻、楹联，经典歌曲的歌词都是学习的对象；向当代名家学习，虚心请教学习中的疑问。看到好的言词文句就用手机拍下来，心中对某事某物有了感受，也及时记录在手机或笔记里，日积月累，必有所获。

二、表达真情。古人云："言为心声。"写诗是记录诗者的心迹，是诗者真情的外露，语境、语词、语气既要合乎立意的要求，更要真实反映诗者的感情与想法，这样写出来的诗才能感动自己，进而引起他人的共鸣，正所谓"激情酿佳句，义愤出诗人"。

三、发展创新。发展创新不是对格律诗的"格""律"发展创新，而是要在内容题材、思想感情和语言文字上发展创新。诗界有一个"旧瓶装新酒"的说法，形象地比喻当今格律诗的创作。"瓶"是形式，不变；"酒"是内涵，必须新。写诗离不开时代背景，盛唐已去千余年，今天的政治制度、社会形态、语言环境，人们的价值观念、精神风貌等，都远不同于古时，跟上时代发展的步伐，反映当今社会的新人新事物，必须要有新的眼光、新的思路和新的语言。

四、选用新韵。诗歌是韵文，无韵的文字只能称为散文或文句。沈德潜在《说诗晬语》中说："诗中韵脚，如大厦之有柱石，此处不牢，倾折立见。"

可见，押韵是诗歌最基本的特征。所谓押韵，就是在韵文创作中，在规定句子的最后一个字必须使用韵母相同或相近的字，使吟读时产生朗朗上口的和谐感。为了使用上的方便，人们把同韵字归为一类编制成韵书。目前就格律诗创作而言，使用的主要是平水韵（古韵）和中华新韵（新韵）。押古韵的诗，用普通话朗读，很多时候已无顺口和谐可言，更别说普通话中已经没有了入声字。如果不是专门研究格律诗，建议选用新韵，新韵的同韵字较多，选择的余地自然扩大了许多，这给格律诗创作带来的便利是不言而喻的，尤其是初学写格律诗的人。

五、律意问题。“不以律害意”的观点在诗界存在多年，我认为不然。所谓“不以律害意”，就是除了自己认为最佳但违反格律的字词外，无其他字词能够替代。我国有浩如烟海的汉字，找不出合律同时又符合自己立意的字词，只能说明其文化功底不深厚。如果创作中遇到困难，就以“不以律害意”为借口绕道走，那么诗歌创作的水平就难以提高。闻一多把格律诗形象地比喻为“戴着镣铐跳舞”，这里的“镣铐”就是指格律。格律诗的美，其中就包括了戴“镣铐”难的美。在文学创作领域，写作的体裁很多，就诗歌而言，就有古体诗、格律诗、自由诗甚至打油诗等之分。选择了格律诗，就应该遵循格律诗的规范。当然，诗的好坏主要是看立意，千百年来能够为大众称颂传吟的诗，都是立意好的诗。《红楼梦》里林黛玉说：“若是果有了奇句，连平仄虚实不对都使得的。”问题的核心是，突破了格律的句子能否称为奇句？在学诗的道路上没有捷径可走，只有通过长期的努力，水到渠成，追求的奇句才有可能产生，则是否符合格律要求，自然不是很重要了。

六、慎用典故。所谓典故，就是古典书籍中的轶事、趣闻、寓言、神话、传说人物等，在格律诗中用好典故，无疑可使诗增添光彩，文情隽永。运用典故也是古典诗歌中常见的艺术手法。例如，在安徽省霍山县韩信祠中有两句诗：“生死一知己，存亡两妇人。”十个字用了两个典故，精准概括了韩信的一生。韩信得以被重用和谋反被识而遭杀，都因萧何一人，是谓“成也萧何，败也萧何”。韩信早年贫困，得一洗衣妇人救助，谋反后又被吕后所杀。两个典故的“一知己”指萧何，“两妇人”指洗衣妇人和吕后。韩信是名

目　录

军旅生涯篇

入军校

少年立志入军门，挥泪别亲滁水滨。
此去长安千万里，甘洒热血铸军魂。

从　军

红旗导弹捍青穹，首弹歼敌立伟功。
为有长城坚似铁，防空部队做新兵。

军校学员

一路行军一路歌，豪情壮气入云阁。
珍为军校新学子，苦练真功卫祖国。

注：在军校学习期间，从寝室到教室、到食堂、到训练场，学员们都是迈着整齐的步伐、唱着响彻云霄的军歌列队前往。

学　习

年华锦瑟存鸿志，不爱时装爱武装。
四载悬梁磨利剑，红星照我守寒窗。

毕业赴军营二首

其　一

导院四年习武艺，一朝令下泪别情。
胸怀壮志奔连队，掌握知识启旅程。
冷看环球频战火，欣闻华夏尚和平。
青春化作长天剑，换取家国永泰宁。

其　二

四载寒窗练艺成，泪别战友迅出征。
跋山涉水林深处，导弹张弦待“远朋”。

引导师

全营一杆枪，昼夜守穹苍。
受命狙击手，发发灭天狼。

军　训

练兵场上未闻兵，机器轰鸣隐锐英。
凭借雷达千里眼，风云尽在掌心中。

演　习

警报骤一等，敌情重泰山。
蹬开床上被，抛下碗中餐。
导弹上发架，雷达扫九玄。
锁定空中寇，一弹送西天。

起　床

起床号角破平明，寝室倏然起飓风。
穿戴整齐冲户外，集结报数两分钟。
令行犹似扑食虎，禁止绝然立地松。
军纪严明常备战，战时胜负在神兵。

早　操

纵队一条线，横排立似松。
步伐威大地，口令慑长空。
汗水蒸炎夏，寒疮抵冽冬。
强军唯苦训，流血战时雄。

站岗二首

其　一

刺骨飙风耳畔嘶，钢枪在手履天职。
青春赋予国防绿，早把安危谱壮诗。

其二

繁星垂四野，树静草虫鸣。
手电时睁眼，和平隐哨兵。

再次下连队

机关调任指导员，再次下连为克难。
立下翻身军令状，争当基层好主官。
军训政教勇折桂，拥政爱民走在前。
不辱职责争口气，三年汗水兑诺言。

注：1987年7月，身为旅政治部文化干事，笔者受命去后进连队改进其面貌。经过官兵的艰苦努力，连队连续三年被评为先进连队，荣立集体三等功，笔者获得原南京军区空军政治部授予的“优秀基层主官”称号。

授军衔

军队改革再厉行，军衔恢复砺精兵。
肩扛上尉危安担，不负额头五角星。

1991年7月参加南京抗洪救灾二首

其　一

电裂乾穹夜雨淫，抗洪令下抢分针。
军魂战浪踏危坝，挽臂长城固铸金。

其　二

瓢泼大雨欲掀天，水库危岌夜救援。
将士并肩乘骇浪，搏击水祸舍身安。

战友退伍

军人有泪不轻弹，流血流汗只等闲。
兵役三年今日满，相拥无语泪涟涟。

紧急集合

一声警报划深夜，雪舞风高锻砺兵。
勇士集结军令下，赴汤蹈火敢身行。

连队种菜

初春万物生，季候自匆匆。
早起翻耕垄，夕归点豆藤。
施肥连斩草，浇水继搭棚。
蔬果心头长，尝食胜露琼。

家　访

邻里起纠纷，新兵电报频。
政府勤协调，慰问化仇恩。
晓以军民义，动之鱼水情。
消除思想病，依法稳军心。

愧　母

惊悉母病躺医院，心似刀割忆霂霖。
忠孝两难谁有解，家国一担我同身。
从军道路多曲阻，守卫蓝天愧至亲。
军训繁忙思暂缓，夜阑独自泪沾巾。

女友来队

欣闻暑假君来队，军卡城关共菜回。
介绍职责观导弹，赢得日后少空悲。

注：当时部队每日用军用大卡车去县城买菜，笔者乘买菜车往返接送女友。

示　儿

演练正开张，加急电报祥。
得儿应庆喜，至我却怀伤。
身务军营事，心思母子康。
将来儿长大，应解父情长。

妻子来部队探亲

时至春节妻探亲，团圆战备两兼欣。
家分两地承千苦，化作相逢价万金。

过 年

杀猪宰羊过大年，大碗干杯猛士欢。
酒换清茶非量浅，祖国今晚我值班。

思 念

备课深宵手冻僵，窗前冷月照家乡。
应知妻了床头坐，呓语娇儿梦正香。

查 哨

呼啸寒风带冷刀，深更查哨面如削。
三七口令回八九，机警尖兵后路抄。

一等战备警报

警报仓急子夜鸣，飞奔战位弹高擎。
雷达捕获偷袭者，直把演习备战争。

立　功

毕业七年羞寸业，记功犹感日光匆。
男儿志远当强奋，莫负英雄导弹兵。

注：军校毕业七年后，笔者因在部队表现突出，获记三等功一次。

休　假

掌勺洗碗备三餐，扶老牵儿逛乐园。
珍享亲情惜日短，归营挥手强作欢。

七夕望星空有思

不觉岁候又七夕，遥望星空启浩虚。
织女贞坚爱河邈，牛郎信守鹊桥期。
原来月相长缺欠，况且人间暂散离。
为使天穹能静泰，小家两地也欣怡。

中秋寄情四首

其　一

明月床头照，银辉寄旅愁。
他乡为客久，故土在心头。
父母都安好，诸亲勿负忧。
劳思难入寐，梦里共中秋。

其　二

月到中秋皓，情逢此夜浓。
千山难阻断，两地点心灯。

其　三

皎洁明月挂中秋，美酒今时溢九州。
国泰民兴军强盛，频传捷报化觥筹。

其　四

今夜金陵月，军营仰望思。
玉人安逸否？拜月寄相知。

秋　思

秋风瑟瑟啸军营，摇落山光减翠青。
屈指佳期梅有日，寒云遣使报芳情。

望月思妻

西行钩月似扁舟，渡我情思汗漫游。
欲采明星酬妻子，薄身承受几多愁。

注：军人的妻子要工作，操持家务，照顾父母和孩子，还要牵挂军营中的丈夫，付出极多。

赴西北导弹打靶三首

其　一

雄师拔寨夜奔袭，戈壁狼烟演战急。
导弹冲天一怒吼，敌机覆坠祭军旗。

其　二

哐当哐当车夜行，一声军令立出征。
冬习三九巡穹宇，夏训三伏砥砺兵。
大漠悬阳奇景壮，祁连瑞雪忍敌凌？
弹发靶坠浓烟滚，千里演习立大功。

注：地空导弹部队在内地驻防备战，训练和演习只能模拟进行，要真实检验部队的战斗力，就必须携带全部军事装备在训练基地进行实弹打靶考核。

其　三

铁军千里奔荒漠，彻夜调装忘饿疲。
实弹考核战斗力，直将标靶作贼机。

行　军

军列长驱昼夜行，山河壮阔遣诗情。
江南沃野欣轻雨，塞北烟沙好劲风。
秦汉马蹄踏冷月，长城内外葬枭雄。
直将演练当沙场，头枕车轮作角声。

空军某训练基地印象

风吹石头跑，夏夜穿棉袄。
牧犬半人高，只生骆驼草。

寄父情

驻训高原锻砺兵，晨迎旭日晚披星。
今逢端午儿生日，采片祥云寄父情。

西北驻训夜巡

朗月当空照，银辉笼戍城。
雷达横宇盾，导弹竖王弓。
蟋蟀时吟唱，官兵正梦哼。
明晨发导弹，胜算在心中。

参加国庆军民联欢会有感

歌舞迎国庆，联欢鱼水亲。
同台讴盛世，联手筑军魂。

军事代表

司职制造方，穿戴绿军装。
订货核查价，躬行试验房。
研发杀手锏，止战慑豺狼。
任重职神圣，安邦大义当。

注:笔者于1993—2004年任空军驻南京某军工单位军事代表。

试验场攻关

日夜攻关克万难，深山试验又无眠。
责重敢立军令状，未获成功誓不还。

战高温

高温试验到繁星，汗透军装火闷胸。
室外清风迎面爽，正值盛夏暑淫凶。

审　计

恪守职责慎审核，国防利益秉原则。
亏折小我何足道，磨砺吴戈遏战魔。

注：审计是军事代表的职责之一。

吴戈，春秋时吴国所产，锋利无比，这里比喻尖端武器装备。

赴蓉城审改国军标

众智集天府，军标厉审核。
心中坚质量，百战奏高歌。

注：国军标是国家军用标准的简称，代号GJB，即为保证我军所用武器装备质量而制定的一系列标准和要求，是保证国防核心竞争力的基本要素之一。

参加红旗某型导弹研发攻关会飞机上作

急令红旗事，乘鹰再赴京。
白云盈碧宇，绿地满华荣。
放眼东南海，犹闻寇舰隆。
研发杀手锏，我辈力张弓。

出　征

惊悉装备突发事，止假急征向陕西。
竟夜研析排隐患，归来曙日沐军衣。

下部队调研

新研装备配兵营，涉水跋山觅匿踪。
获取信息除弊漏，系心战争九州宁。

重返连队

军旗招唤入兵营，为守长空万里宁。
靶场曾流不尽汗，饭堂共饮永生情。
救灾赴险歌嘹亮，解甲归乡泣动容。
难忘山头明静月，时常梦见弟及兄。

注：2002年6月，笔者相约曾经并肩战斗过的前任连长袁理德、后任连长黄德乾、副连长陈德庆等战友重访连队，看到亲密的战友、熟悉的导弹装备、简朴整洁的营房，还有走过无数次的山林野径，不禁百感交集，诗以记之。

转业二首

其　一

军营一入廿七年，甘洒青春捍碧天。
解甲金陵当自励，人生精彩启新篇。

其　二

廿七岁月铸军魂，剑指蓝天未顾身。
解甲归乡豪气壮，安邦我是过来人。

参加部队建军节纪念活动

戎装退去自谋生，弃仕从民任教工。
难忘强军兵本色，一杯茶水话长城。

注：笔者于1978年考入军校，2004年转业，在军队服役27年。转业时放弃国家安置，自主择业到某高校工作。

转业重返军营

寻梦到深山，秋风染叶丹。
卫兵禁令阻，野径认当年。

纪念空军防空导弹兵某部成立35周年

守卫蓝天不计春，少年热血铸军魂。
举杯畅饮斑白酒，喜看扬威导弹军。

卫　国

挥别军旅整十年，导弹频发脑海间。
昨梦海疆雷电怒，钓鱼岛上日机残。

忆军营二首

其　一

长忆军营警报声，雷达怒吼向天横。
雄威导弹发发中，武备方能止战争。

其　二

戎装退去已十年，好梦常由连队牵。
集会军歌回岭响，除夕酒碗忘乡干。
闲暇曲径人迷谷，警报长鸣弹待弦。
尤念南坡亲垦地，殷勤汗水洒蔬鲜。

学友军校毕业三十年武汉聚会

万树樱花一夜开，卅年学友梦中来。
觥筹交错军歌壮，依旧春风度尔腮。

战友相聚感怀

战友八一再放情，青春岁月酒中评。
虚名欲利皆身外，一世丹心系甲兵。

学友来宁小聚

轻阴消暑气，天府故人临。
握手钟山下，重温战友亲。
蓝天担卫士，四海献青春。
杯酒酬花甲，不觉已浅醺。

入学四十年返西安参加军校纪念活动二首

其　一

花开花落四十春，战友天南海北分。
异地常聊情愈切，当时短暂认不真。
争强球场逞余勇，解惑学堂到夜深。
拉起军歌将进酒，今生难忘是军魂。

其　二

四十弹指一挥去，黄土高坡忆俊雄。
七地择优堪大任，四时功课为长空。
争先善事青春祭，低调仁人军旅匆。
高举长别欢聚酒，天涯何日再相逢。

战友相会

喜闻战友过滁州，舍事驱车上酒楼。
共忆青春军旅路，斑白依旧血奔流。

战友来宁

战友莅金陵，琼楼尽主情。
同思军校谊，互吐砺兵经。
尚武青年志，康安老叟宁。
秦淮灯影水，曾载子行踪。

寄语京城战友

蓝天站岗未知秋，英俊少年花甲头。
南北京城相祝愿，康身养性自悠悠。

赠兄长任总

为捍九州霄，金陵共战壕。
科研杀手锏，检验射天矛。
信任原则重，担当欲利抛。
回思军备事，守宇我骄豪。

赠仁兄梁校长

人生知己少，意会胜无声。
军伍图功业，杏坛献智能。
修身常自省，履践显公诚。
岁月催人老，悠悠战友情。

赠卫星吾兄

相逢天有意，战友此生情。
宣组职责近，乡关趣向同。
长思杯酒事，偶问体安宁。
两地别离久，何时奏鹿鸣?

八一寄怀

解甲归来快廿春，军节夜晚话从军。
八方战友高举酒，祝愿强军微信群。

亲情友谊篇

为二老八十祝寿

四代同堂美酒香，太爷太奶寿眉扬。
子诚孙孝人丁旺，共话国昌家小康。

侍三老游南京

春曦送暖百花明，三老随兴览金陵。
访古台城留鹤影，抚今宝塔赞国情。
人非永世风尘悴，物是六朝山水荣。
谈笑当年江险阻，飞驰高铁返乡轻。

注：2014年春暖花开季节，笔者从老家接父亲、母亲和岳父三位年过八旬的老人来南京小住，服侍三老游览了雨花台、夫子庙、台城、玄武湖等景点，一大家人团聚，其乐融融。

侍母上香

逢人夸赞孩儿孝，古寺焚香遂愿心。
负母高阶一刻苦，安报教养毕生恩。

为父亲剪脚指甲

手抚父亲足，皮干趾肿浮。
人生行旅路，唯赖己征服。

为母亲理发

慈母八七身尚健，梳妆穿戴甚精神。
银丝整饰尤流彩，为有殷勤护理人。

请父审诗

初稿虔诚请父评，慈颜赞许暖心灵。
谆谆教诲同期待，诗贵情真志向雄。

儿子大婚

今朝放意小儿婚，卅载栽培自立人。
每忆出生不见父，还思从小就投军。
高朋贺喜盈明厦，美酒飘香闹玉姻。
告祖家族同祝愿，和合立业启兴门。

母孙四代游花博园

搀扶孙母手，结伴乐园游。
人在花间过，情随笑语流。
生活非窘苦，四代共金秋。
日落不思返，相约再弄舟。

注：花博园，位于滁州南郊。金秋时节，笔者与妻子一人牵着5岁小孙女的手，一人推着载有86岁高龄母亲的轮椅，四代人或行走花间，或席地而坐，或泛舟湖上，尽享天伦乐趣。

清明祭父

清明淫雨乍寒微，柏肃乌啼子悼悲。
祷告天堂风日丽，梦乡依旧笑酌杯。

清明节伴母回乡祭祖二首

其　一

家家拜祖祭亡灵，千里归乡遂母情。
人泣天悲一夜雨，村头黄土梦牵萦。

其　二

不尽哀思此日巡，天人共泣任湿襟。
香烟袅袅祈神佑，片片冥钱寄故亲。

祭父三周年二首

其　一

坟前敬立百思萦，手捧鲜花寄孝情。
两袖清风怀抱玉，荫德后代继家风。

注：怀抱玉，意为怀珠抱玉，比喻人具有高尚的品德和杰出的才能，语出《梁书·刘显传》："怀珠抱玉，有殁世而名不称者，可为长太息，孰过于斯！"

其　二

琅琊山水寄先人，四季风光慰孝心。
子女繁兴籍祖考，思恩岁岁奠亡魂。

携孙女种树

梅香春日暖，挥汗种新苗。
雨打霜凌后，相约试比高。

带孙女上山挖野菜三首

其　一

春风一夜暖钟山，草木经冬绿漫天。
荠菜蒜苗挖野趣，佳肴百味自躬鲜。

其　二

雷醒蛰虫梦，山园渐绿新。
红黄蹲几处，同是采鲜人。

其　三

空山远世尘，泉鸣鸟争春。
爷女挖山趣，清香入酒樽。

携孙女游南京鱼嘴湿地公园

长江自古险淤滩，水到金陵鱼嘴拦。
欢喜孙童芦荡隐，惊飞水鸟戏江湾。

秋雨夜读

一声桐雨一声秋，倚案读书意难收。
父母应知天气冷，添衣加被慎行游。

带孙女采花生

散心郊外采花生，汗水湿衣半日农。
泥手尝鲜香溢口，明朝佐酒待亲朋。

三岁孙女上早教班有感

幼小年龄已入学，逢节摹画晚翩蝶。
普天父母期学早，应晓童时有限约。

孙子满七月

身体胖嘟嘟，胳膊两道箍。
见人开口笑，爱啃小猪猪。

孙女六岁生日

头戴皇冠帽，身着公主裙。
都当皇女养，谁解父母心。

教孙女游泳

自幼贪玩水，下水三岁余。
因无呛水忌，五岁美人鱼。

辅导作业

老叟深宵还作业，捉刀解难小娇孙。
回思早岁忒撒野，少肉缺衣自在身。

给孙辈压岁钱有感

儿时年夜炮声来，压岁一元笑眼开。
狗去猪临复岁尽，红包千块可恩怀？

孙子周岁

上帝施珍礼，吾家小胖孙。
瞧爷开口笑，求奶抱晨昏。
站立方摔地，攀爬敢采云。
好奇尝百味，笑闹见娇嗔。

欢　喜

久坐乱翻书，腰酸字迹糊。
顽孙倏逗乐，一笑症全除。

家有玉女

丁家出玉女，卓尔辈群间。
爱美穿裙喜，撒娇惹众欢。
涂鸦随意念，闻乐舞连翩。
伴我游天下，情钟大自然。

注：孙女是家族同辈中唯一的女孩，故言“卓尔辈群间”。

携孙女参观博物馆

人微经历广，国盛幼童欢。
常入图书馆，今来看古猿。
乘机游宝岛，纵马跨草原。
思量髫年苦，洪福在眼前。

孙女入学

小女初成长，背包上课堂。
行知书礼义，锻炼体安康。
校舍花园似，师德赞誉扬。
雏苗肥土当，大树待繁昌。

春 游

朋友七八位，春山率意行。
芳花没曲径，幽谷啭流莺。
世念丛林外，清风两袖升。
临渊一吼啸，霞蔚满晴空。

与友访夫子庙

缘得贤友会，相伴访秦淮。
金粉六朝去，兰舟一水徊。
流光才感逝，鬓角已霜白。
不尽离别事，香茗细遣怀。

四友皖南行二首

其 一

竹林远市声，返璞皖南行。
涉水渔乡近，钻山野寨宁。
谈今同趣味，忆旧共欢兴。
一去几十载，再圆今世情。

其　二

欲叙同窗谊，驱车向皖南。
人稀村傍雾，树古客摩天。
话旧情倾诉，寻幽瀑挂川。
催厨急备酒，醉里返当年。

再游皖南山二首

其　一

长别友再逢，栉沐皖南风。
秀岭层林染，幽溪众瀑鸣。
当年同总角，今日已霜蓬。
多少离怀事，犹翻岭百重。

其　二

驱车八百里，重聚皖南山。
古道盘危岫，山庄沐翠岚。
怡情溪咏叹，养性鸟鸣闲。
明月席间照，相期再共圆。

邀好友重游钟山

为忆少年梦，钟山故迹寻。
穿篱攀宝塔，入寺养佛心。
意会随松籁，心声共鸟吟。
日夕挥手去，明月送归君。

赠成都学友

少年一去几十年，共赏长江万里帆。
难忘校园同阔论，曾经农场共挥镰。
悠悠岁月催人老，一往情深驻永年。
相聚家乡君畅饮，莫留遗梦夜独言。

高中毕业四十年同学聚会有感二首

其　一

莘莘学子聚瑶堂，相去卌年信渺茫。
初会犹识身少影，还观已见发轻霜。
人生坎坷博殊域，长夜难眠忆故乡。
杯酒当歌频畅饮，祝君珍好晚霞芳。

其　二

回首中学美少年，相逢一笑转秋颜。
潮头起舞青春涌，喜看后波前浪翻。

梅花山忆友人

曾经共赏玉花枝，人醉梅香笑语时。
历雪虬枝花又放，何当再览玉花姿。

赠友人三河古镇行

青石小巷马头墙，一瓦一砖旧事长。
踏雨采风才气女，归来诗韵手盈香。

掬　药

良师言采药，先问踢球无？
昨日绿茵虎，今朝尘世驽。
杏坛教弟子，学问誉乡滁。
教诲情深重，当寻药奉儒。

学友聚会有感

落花流水不足惜，花好月圆会有期。
青春逝去谁见返，美酒未醉莫离席。

忆友人二首

其　一

长忆苏杭景有情，梦乡每见总心惊。
忍瞧岁岁梅花落，唯有戎衣伴旅程。

其　二

夜梦流波载客舟，穿梭古镇做重游。
依稀对饮石桥畔，小雨如丝柳叶柔。

人生感悟篇

人生感悟十首

其　一

何结仙境缘，仙境隐人间。
淡看烦忧事，心生桃花源。
神安寒室暖，欲寡菜根甜。
养性诗为友，开觉入洞天。

其　二

人生在世若行舟，浪险方能拓眼眸。
万里海疆风变幻，扬帆何须顺俗流。

其　三

春花烂漫夏风清，秋洗月明雪舞冬。
四季韶光无限意，安能琐事负大公。

其　四

金钱利禄皆微物，当用休怜半酒酣。
纵使儿孙常尽孝，送钱谁见到黄泉。

其　五

世故缠绵自古愁，人生长恨志难酬。
天神应解苍生窘，罢废清规返自由。

其　六

千金散去不足惜，月晦花凋复有期。
逝去良辰谁见返？今朝得意醉人兮。

其　七

书读万卷才知浅，踏破千山见识贫。
荏苒光阴东逝水，忍为利禄误芳春？

其　八

立石松老劲，临水柳轻柔。
安命虽殊径，承天理共谋。

注：承天，指承奉天道，语出《易·坤》："至哉坤元，万物资生，乃顺承天。"

其　九

人遭失意休悲叹，自古荣枯四季更。
万贯明珠终是夜，一灯不灭亮前程。

其　十

人生宝贵惜今天，真我行身胜瓦全。
东海曾经搏碧浪，何须忍顺比南山。

读书偶感十一首

其　一

菊秀兰芳满院菲，开门探访醉心扉。
间杂腐草枯枝叶，难掩春光半寸晖。

其　二

苦短人生怎自如？粗茶淡饭也知足。
愚夫何故心宁许，为有诗书作伴读。

其　三

读书无止境，境界有三重。
望尽天涯路，修身戒苟生。

注：读书三境界，是清代著名学者王国维提出的读书理论。王国维在《人间词话》里说，古今之成大事业、大学问者，必经过三种境界。其一："昨夜西风凋碧树，独上高楼，望尽天涯路"（晏殊《蝶恋花》）。这一阶段重在博览群书，长期坚持。其二："衣带渐宽终不悔，为伊消得人憔悴"（柳永《蝶恋花》）。这一阶段是说成大事业、大学问者，必须坚定不移，经过一番辛勤劳动，废寝忘食，孜孜以求，直至人瘦带宽也不后悔。其三："众里寻他千百度，蓦然回首，那人却在灯火阑珊处"（辛弃疾《青玉案》）。意思是经过前两个境界后，再继续努力，你就会在某个不经意间豁然开朗，使读书变得有趣，变得简单，变成享受。

其　四

得道高人世难逢，幸临未必愿同程。
天仙清欲无烟火，怎比多情自在身。

其　五

读书惊日短，花落复春归。
学海无穷尽，流香妙入微。

其　六

书中五岳竞争芳，五岳风光四海扬。
书海岳山皆苦乐，觉知此道益心康。

其　七

大暑炎炎草木殃，清茶一盏伴诗香。
消得眼净轻俗事，何处人生不清凉。

其　八

床前翻《天问》，梦鼓济云樯。
驭鹤飞廉去，归来诗满囊。

注：飞廉，出自《楚辞·离骚》“前望舒使先驱兮，后飞廉使奔属”，指风伯。《天问》是战国时期屈原创作的一首长诗，此诗从天地离分、阴阳变化、日月星辰等自然现象，一直问到神话传说乃至圣贤凶顽、治乱兴衰等历史故事，表现了作者对一些传统观念的大胆怀疑，以及追求真理的探索精神。

其　九

人生百岁古难求，苦辣酸甜自验收。
凡世喧纷何恕免，诗书作伴荡俗流。

其　十

人皆跋涉客，欲重困轻足。
何法能行远？殷勤借尺书。

其十一

春日雨柔绵，三分暖乍寒。
品茗发雅兴，运脑益神安。
天地生甘露，人间始沃繁。
先贤书道理，我辈沐心田。

自　述

半生戎马半布衣，无畏风尘自奋蹄。
不耻堂前耽酒肉，毋宁榻侧伴书籍。
言轻犹敢吟公道，人老方能赏傲菊。
略有诗心济沧海，癫情洒向晚霞琦。

四十八岁抒怀

曾经意气向天扬，每每新疤又受伤。
热血何因寒外抑，柔情偶自苦中彰。
耕耘岁月青丝落，悲喜红尘韵语藏。
军旅一程犹快慰，至今遇险不惊慌。

五十初度

风卷残云志尚坚，人生在世若登山。
时间过半程多少？莫悔无为倒半巅。

注：风卷残云，意指人到中年头发始落。

五十二岁生日述怀

八一生日建军日，命定戎装卫和平。
渴饮西陲千岁雪，饱尝南海万重风。
廿七征旅青春献，无愧军旗老辈擎。
解甲金陵食自力，培植桃李慰余生。

五十四岁感怀

回眸往事雨风峥，戎马教书两袖清。
喜泪曾流名利外，欣然诗酒佐人生。

五十五岁生日有怀

一壶浊酒度生辰，往事如烟意浅醺。
半辈愧无军功业，斑白欣慰育青衿。

五十六岁生日回首

五十有六惊回首，圆少缺多似月钩。
国粹六经知一二，孝德百善立千秋。
泰山九宇松弥硬，银汉七夕水甚柔。
自古英雄多寂寞，殷勤开卷化烦愁。

人生转筹

休归时已近，退路腹中谋。
摄影诗书伴，健身山水游。
齐家期至善，律己贵身修。
苦厄人生短，仁德自解忧。

注：转筹，指谋划、筹算。

六十岁感怀五首

其　一

回眸花甲步匆匆，往事缠绵似酒浓。
口讷为人凭正义，身勤做事忌虚空。
情怀尚可拙诗述，觅景犹将险境征。
虽是行舟达彼岸，从容过岭赏夕红。

其　二

开怀一甲去，诞酒六连干。
军地风兼雨，耕耘苦亦甘。
多愁白发早，寡欲赤心闲。
勿负苍天意，翔鸿响昊乾。

其 三

年华似水去无归，英俊少年霜染眉。
幸有亲朋山水伴，此生潇洒走一回。

其 四

花甲六十临，回眸楚梦深。
国兴家脉旺，无愧义仁心。

其 五

纵马无鞭自奋蹄，风流汗水洒征衣。
芳华长逝相明月，桃李春风正胜期。
腿蹇心垂身外事，鬓疏气在志不息。
秋声渐紧随天意，心抱残香傲晚菊。

退休感怀

花甲人生始半程，业余爱好主务升。
兴来把酒花间醉，梦里无烦寿比松。

望月遐思

天外有天夜何如？银河绚丽月不孤。
忍将战乱地球望，宇宙一丸若蚍蜉。

读南朝梁元帝《金言》

博学万古笔生金，转世高僧一目君。
敛书毁书书五厄，喜剧悲剧剧哀矜。

注：南朝梁元帝萧绎（508—554年），据《南史》记载，梁武帝萧衍偶幸宫女后，夜梦独眼高僧转世投胎，巧与绎幼年瞎一眼合。萧绎一生博览群书，学问渊博，著作丰厚，内容上考史料，评帝王功过，下论世故人情，解志异鬼怪，现仅传世《金言》（又名《金楼子》）一书。

侯景之乱时，萧绎拥有重兵，对其父梁武帝萧衍被困却不救，不择手段残杀兄弟侄儿，终登皇位。在位两年，治国无方。西魏围攻时，萧绎自焚书14万卷，率百官出城投降，后被杀。其毁书行为成为继秦始皇焚书、王莽之乱、董卓之乱、西晋八王之乱后，中华文化遭到的第五次沉重打击。以上书籍被焚毁的五次厄运，史称“五厄”。

教　子

望子成龙父母观，成真方晓草鱼鲜。
晨读夜诵习孙敬，暑画寒琴效玉环。
花长一寻竭尽力，树生百尺法天然。
古来天下培花主，可见拔苗干叶繁？

注：寻，古代长度单位，一寻等于八尺，也有说七尺、六尺为一寻的。

笔者悲闻13岁女孩被妈妈活活打死，有感而发。

山中观草木有感

青天自古未公平，日照南山北总冥。
万物芸芸优者盛，繁荣唯赖自身行。

人生如酒

人生苦乐一樽酒，苦辣酸甜饮者估。
智者斟酌微浅醉，才思敏锐骨筋舒。
勇夫牛饮心神乱，妄语狂为血气枯。
不倚不偏合圣道，喜悲不扬大丈夫。

志　向

展翅雄鹰上碧霄，斑白野叟志难消。
诉情诗草也三百，心有篱菊时咏陶。

诗意雪花

午间小寐醒凝思，只记枕边两句诗。
眺望东山扬素雪，雪花片片赋清词。

写诗有感四首

其 一

已是青丝转雪丝，痴迷李杜大唐诗。
起承转合严章法，平仄韵文守雅辞。
把卷长读开视野，临摹细写费寻思。
勤学生巧千回改，乐在诗乡沃野驰。

其 二

人生半百恋吟诗，挚友何愁相会迟。
心有灵犀情畅诉，肚无墨水意穷思。
仄平格律犹迷眼，意境真情法妙辞。
把卷时读空静夜，神交唐宋万家师。

其 三

夜半诗心再起兴，掌灯倚床觅梦踪。
拙诗初就难一字，窗外霞光透帘红。

其　四

红茶沏月光，风叩小轩窗。
午夜人难寐，为安一字茫。

西湖独吟

夏月晶圆水若银，清风雨后景迷人。
何当漫步西湖畔，却话此时孤苦吟。

生　性

生平性地远喧哗，山野书香伴岁华。
诗仰陶公篱下境，情怀王老辋川家。

注：王老，指王维。辋川，位于陕西省西安市蓝田县南。这里峰峦叠嶂，奇花野藤遍布，因辋河水流潺湲，波纹旋转如辋，故名辋川。王维晚年闲居辋川，陶醉于山壑林泉之间，与友人裴迪写下了40首五言绝句，取名《辋川集》。

采 菊

采菊未必下东篱，三尺阳台草木好。
胸有陶公恬淡意，南山近在室一隅。

修 身

一石窥泰岳，一草念瑶林。
喧市蜗居静，修身在净心。

秋 思

一轮明月照中秋，回首当年志未酬。
报效国防心尚在，南疆东海每担忧。

秋 分

昨夜高风渐枕凉，不觉暑尽树金黄。
遥知鲜果红山里，邀我踏秋觅野芳。

新年杂思

新年思绪涌，面貌已非初。
览镜青丝减，扪心老叟蹶。
持梳还理乱，挥剪亦扬浮。
愁发三千丈，何刀一剪除。

甲午年春节

瑞雪翩翩舞，神州气象新。
鞭鸣华夏早，万马竞争春。

注：甲午年，此处指2014年。

乙未年贺春

快马扬蹄得意去，吉羊道喜庆春来。
东风袅袅撩人面，待看梅香百卉开。

注：乙未年，此处指2015年。

丙申年春节

旧符替换启新篇，美酒频端话瑞年。
母乐孙欢家户醉，诗逢盛世也婵娟。

注：丙申年，此处指2016年。

己亥年春节

鞭炮五更犹报晓，童孙梦醒欲端详。
开门扑面霏霏雪，大地迎节换盛装。

注：己亥年，此处指2019年。

过父亲节

花样佳节聚小园，商家媒体竞欢颜。
可怜早岁一餐肉，每忆生津齿上鲜。

早　起

霞飞夜雨收，风暖柳枝柔。
早起勤一日，神清谋事周。

中秋抒怀四首

其　一

浩瀚长河欲渡愁，七夕织女会阿牛。
千金难买团圆日，身在福中几世修。

其　二

月有圆缺自古今，人生短暂有悲欣。
离合聚散随缘去，未必长圆遂寸心。

其　三

又见婵娟月皎澄，寒宫谁解旷别情。
人间若少嫦娥苦，哪有合欢万户兴。

其　四

雾里看花花逊色，水中捞月月云烟。
探花应待春繁日，赏月天人两盼圆。

品　茶

世事难如意，初生每抗争。
何当怀忿气，弗若品清茗。
龙井观天地，雀舌冶性灵。
饮得真妙味，安逸做愚公。

自　问

岁月不识老，春花转雪花。
何堪垂首问，虚度否年华？

无　题

天地呈博爱，祥云结伴飞。
春水鸳鸯戏，花开共赏谁？

无　言

一山晴树绿萋迷，时现林莺自在啼。
感慨尘声淫乱耳，欲吟意恐又充竽。

觉　悟

风轻泉自琴，顿悟恋山因。
清静山为界，红尘至此分。

知　音

空山隔市邑，野径步云闲。
不贯金堂乱，寻幽壑谷偏。
时花独放醉，古木自参天。
何处流莺唱？清怡挽我还。

沐　雨

孤亭久坐雨娑娑，沁润柳条濯碧荷。
气爽俗空神静定，心尘涤净是平和。

情系故乡篇

咏琅琊山四首

其　一

古寺名声远，今来故里人。
林幽因鸟啭，道古入禅音。
释主莲台静，摩崖石刻浑。
皖东藏秘境，叩访洗尘心。

其　二

尘世何如暂避喧，琅琊山水四时斓。
醉翁亭下寻文墨，深秀湖中漾画船。
览胜天门谁问月，濯心古寺我参禅。
此山盛载欧阳意，妙在安神不可言。

注：欧阳修任滁州太守时，写下千古名篇《醉翁亭记》。今日的滁州已成为享誉天下的醉乡、亭城。

其　三

丰山午雨衰，清脆鸟声来。
斜径盘幽谷，石桥度故宅。
青榆出峭壁，云殿远尘埃。
览胜寻欧迹，古亭久徘徊。

其　四

丰山雄起古城西，幽谷亭阁绕碧溪。
山水香醪谁更醉，欧公潇洒世人迷。

醉翁亭遣怀十二首

其　一

天阴山色有无中，独步徐行仰醉翁。
寺院幽烟钟梵远，流觞旧迹鸟啼轻。
梅魂千古枝犹壮，欧子于今影匿踪。
吟罢碑文思绪郁，聊持野卉表尊崇。

注：琅琊山，位于安徽省滁州市古城西南约5千米，现滁州市西郊。古称摩陀岭，史传琅邪王司马伷（晋宣帝司马懿第三子，晋景帝司马师、文帝司马昭的同父异母弟）曾率兵驻此，改名琅邪山，现名琅琊山，享有“蓬莱之后无别山”“皖东明珠”之美誉，更因欧阳修的千古名篇《醉翁亭记》和琅琊寺、醉翁亭等名胜古迹而传誉古今。唐宋以来，先后有唐代的顾况、韦应物、李幼卿、柳遂、皇甫曾，宋代的欧阳修、王禹偁、曾巩、王安石、辛弃疾，明代的宋濂、文徵明、王守仁等诗人、文学家、书画家、教育家宦游或旅居于此，他们撰写了描绘琅琊山胜境的诗文流传至今。琅琊山现为国家级风景名胜区、国家森林公园和国家4A级旅游区。

醉翁亭为景区内一处名胜，始建于北宋庆历七年（1047年），现亭园内有醉翁亭、宝宋斋、冯公祠、古梅亭、影香亭、意在亭、怡亭、览余台等古迹。亭园依山傍水，幽雅宁静，古树参天，碧水潺湲，布局严谨小巧，极富诗情画意。

其　二

久慕文坛负盛名，西山雨后众峰青。
亭旁宋代梅弥壮，院内石碑字已朦。
同醉亲民山水乐，承儒革命古文兴。
何当请教生花笔，独自徘徊吊古情。

其　三

谙熟古道踏云途，亭记犹能背自如。
屡屡归乡思太守，常常拜谒赏梅庐。
斜阳照壁文漫漶，倦鸟归林语未孤。
无尽思情萦客子，山溪汩汩似喑呜。

其　四

欧公邀我意行游，亭外流觞岁月稠。
对饮心壶山水酒，清风沁腑醉悠悠。

其　五

一眼让泉汩汩流，琅榆含翠向风柔。
徜徉欧子寻欢处，感慨宋亭岁月稠。
不朽文章英气在，风流人物志未酬。
天迟乘兴挥别去，明月相约再胜游。

其　六

拜访笑谈间，欧公已历年。
琅琊留胜迹，海内久流传。
亭古泉清静，梅香鸟自欢。
欧文苏字在，吟唱绪翩翻。

注：醉翁亭宝宋斋内有一处碑刻《醉翁亭记》，为欧阳修撰文，苏轼书写。后人称其为“欧文苏字，珠联璧合”，视其为稀世珍品。明代冯若愚云：“宋碑文字最著者莫如欧公滁碑。”

其　七

醉翁亭记再长吟，文采飞扬上干云。
为政亲民官之道，青山绿水寄德心。

其　八

亭院幽曲景诱人，楼台深处隐碑文。
欲思欧子魂归处，梅朵凌寒意会芬。

其　九

日落日出无止境，花开花谢又一春。
梅花有幸合翁醉，我会梅花若面君。

其　十

醉翁深解山中意，满目含情始醉心。
雪后琅琊幽秀雅，梅香角落觅知音。

其十一

雨过醉翁亭，林岚气象清。
幽庭临水静，险壁立花明。
隔涧滁人语，邻山梵鼓鸣。
余晖明古道，欢鸟送归程。

其十二

皖东四月日光柔，碧水青山绕古州。
拜访醉翁行醉处，欧文引我故乡游。

返乡夜游醉翁亭

避暑夜山行，风幽瀑自鸣。
流萤生幻景，怀古醉翁亭。

《醉翁亭记》宋碑

手抚丰碑字，心同古迹寒。
文章千载颂，命运一生艰。
树大狂风毁，名高嬖佞残。
人生如月露，贵在润山川。

醉翁亭下思怀

醉翁亭下日华兴，隐隐佛音净性灵。
试问欧梅清几许，让泉汩汩应榆声。

注：欧梅，指欧阳修亲手种植的白梅。榆，指琅琊榆，落叶乔木，高15~20米，叶阔倒卵形或椭圆形，为中国特有树种，仅分布于安徽琅琊山和江苏宝华山。醉翁亭旁生长着30余株古榆。

赞欧梅

敢向冰天立雪根，采得寒萃蓄芳魂。
心怀清雅身如玉，侍伴欧公撰雅文。

夏夜饮酒醉翁亭

癸巳初伏暑气兴，举杯倚坐古时亭。
山风有意撩人醉，明月文章下酒盅。

寄情琅琊山

生平总为青山醉，烈酒醉身山醉心。
若解个中真妙味，名山名酒任君醺。

琅琊榆二首

其　一

根生岩缝叶凌霄，酷暑严寒志未消。
为有江山多秀丽，留得清气百丈高。

其　二

经风历雨见精神，守望醉翁远世尘。
根立穷石滋地气，身发郁霭觅清真。

游琅琊寺

古道尽头唐寺雄，云阶摩岭上九重。
梵音缭绕佛心近，宝刹参天欲念空。
日沐青山开画卷，风摇林鸟唱和声。
钟灵幽霭游人散，缕缕禅情向晚风。

登山闻琅琊寺钟声

道古接山寺，峰高入碧霄。
佛钟翻岭近，神定风逍遥。

琅琊寺明月桥

躬身负重度千年，净地红尘一线牵。
北往南来香火客，祈佛可晓此桥宽。

琅琊山摄影

皖东胜境琅琊山，四季丰华出酒仙。
溪洌潺潺出翠谷，榆贞飒飒立岑岩。
世尘绝断云为伴，天路开通岭做帆。
美景拍摄收不住，不知已入客画帘。

登琅琊山南天门二首

其　一

常怀天外梦，今上南天门。

万物空虚起，终将暗洞吞。

其　二

拾阶直上琅琊顶，锦绣滁城树冠生。

亘古青山不见老，人生花甲哪算翁。

咏琅琊山酿泉三首

其　一

甘洌皖东第一泉，经年汩汩宋桥边。

饮得千古滁人醉，常使离人忆乡关。

其　二

一窍壁缝穿，千年涌酿泉。

品尝清肺腑，隽味莫须言。

其　三

流延万古酿山泉，助饮欧阳赋雅篇。
我借一抔清玉液，涤心却昧畅诗言。

琅琊山洗心亭

径曲通幽境，林深暗啭莺。
风清空欲念，坐爱洗心亭。

冬泳琅琊山深秀湖

云压岭嶂雪花飘，冰覆兰湖草木凋。
野径无踪流水涧，石阶有迹度明桥。
寒天冻地怡情性，破浪击波战冷妖。
若问安祛寒彻骨，心生暖意涌春潮。

琅琊山中听鸟

浓荫笼罩琅琊峰，野径黄花分外荣。
畏雨嫌凉游客少，倚松心共鸟唧哝。

南天门观云

静坐南山云霭观，无踪无状舞翩翩。
织得素玉成风雨，洒向家乡润沃田。

滁州清流关访古

南唐远去已千年，驿道车辙印史篇。
岭上松风犹马啸，晚霞带血染雄关。

注：清流关，位于滁州市西郊12.5千米处的关山中段。自南唐以来，历朝均在此置重兵把守。古关隘南望长江，北控江淮，山高谷深，具有“一夫当关，万夫莫开”之势，是北方进出南京的必经之地，被誉为“金陵锁钥”。

滁州皇浦山秋游

皇浦盛秋行，人稀鸟恣嘤。
攀峰双脚重，拥翠一身轻。
霜染枫林色，夕曛壑谷风。
又得一日醉，复返草诗成。

滁州西涧怀古

唐时西涧水，流淌万波湖。
欲觅韦公渡，滁人俱告无。
人生如涧水，过往似萍浮。
何处渔歌起，春潮暮雨酥。

注：唐代大诗人韦应物任滁州刺史时，游览至滁州西涧，写下了佳作《滁州西涧》："独怜幽草涧边生，上有黄鹂深树鸣。春潮带雨晚来急，野渡无人舟自横。"古西涧大体位于滁州城区西北山脚下，1958年这里开始修建城西水库，1965年水库建成并投入使用。水库后更名为西涧湖，古西涧已没入湖底。

滁州大柳牧场

白云朵朵蔚蓝天，绿草满坡羊撒欢。
旖旎风光疑内蒙，家乡伏隐大草原。

赞家乡

他乡四十载，大江南北游。
何处风光好，老家在滁州。

登高寄思

雨后钟山望，风光格外妍。
乡关江北近，心绪向风言。

学友欢聚

依稀锦瑟华年事，廿五春秋雨雪霏。
甘苦化为情谊酒，诸君痛饮莫停杯。

回乡聚会

人念从前事，花发故岁枝。
满堂年少友，把酒忆情思。

读王钦祥老师赠书《六叶集》

连夜挑灯《六叶集》，韵清意远句新奇。
琅琊山水犹重现，梦里南湖起涟漪。

暴雪思亲

雪漫石城百载逢，儿忧故土市街封。
遥知父母新闻后，正念江南子女名。

注:新闻,指中央电视台晚间节目《新闻联播》,接下来是《天气预报》,这两档节目都是父母每日必看的。石城,即石头城,南京的古称,简称“石城”。

陪同父母重访东关故居

岁月无情物有情，平房简院鸟空鸣。
儿时玩伴踪无影，梦里或同小院行。

注:1964年笔者全家从安徽蚌埠迁入滁县(现滁州市),在县城东关长途汽车站旁的简陋平房里居住了两年,2016年这一带的老旧民房全部被拆除。

金陵赞歌篇

赞悬铃木

金陵有佳木，临道化浊音。
羞共花丛伍，甘同云蔚邻。
枝疏冬傲雪，叶茂夏宜人。
片片黄金雨，秋诗满市吟。

注：悬铃木，别名法国梧桐，是南京市内最常见的绿化树木，引种有百年历史。

东郊觅春

踏雪东郊去，约梅觅早春。
山风穿树暖，涧水绕石阴。
冷蕊怀贞气，虬枝展骨筋。
清香明我意，报信莅东君。

登阅江楼感怀三首

其　一

胜日直上阅江楼，金陵气势正高秋。
水天浩阔鸥鱼跃，日月升沉世代流。
地利长存吴主去，人和天变蒋家休。
风云人物淘沙尽，后浪奔腾卷九州。

其　二

自古名楼赖名记，骚人笔底泣乾坤。
无楼愧负宋濂墨，今阅江天胜记文。

注：阅江楼，位于南京市鼓楼区狮子山巅，屹立在扬子江畔，为江南四大名楼之一。明洪武七年（1374年），明太祖朱元璋下诏在狮子山建楼阁，亲自撰写《阅江楼记》，又命朝廷众文臣每人也写一篇。其中大学士宋濂所写最佳，后入选《古文观止》。阅江楼在平整地基后，朱元璋突然决定停建。直到2001年9月，阅江楼才建成并对外开放，结束了“有记无楼”的历史。

其　三

夕阳残照阅江楼，有记无楼史已休。
多少英雄争霸业，情倾江水涌风流。

乌衣巷怀古

王谢华居笼暮烟，清澄井水照空栏。
千年风雨新梁燕，百代衰荣故事传。
野草有情依旧绿，杂花无意向阳丹。
天荒地老人间事，岂止兴颓此巷迁。

钟山漫步

夜雨润东邻，平明入野林。
清泉流卉瓣，汗水洗俗尘。
坐看天边霭，行闻世外音。
春风犹挽客，拂面亦拴心。

玄武湖岸柳赞

苍虬老柳碧湖箍，缀饰玄武胜西湖。
白絮飞扬情未了，绿丝摇荡意犹抒。
漫天雪月枝仍壮，一点春光叶又舒。
惯看金陵盛衰事，且听风雨赋诗书。

金陵怀古

十朝梦已沉，怀古怅人心。
佳丽秦淮逝，君王玉阙尘。
安居不可久，守业必将贫。
唯有钟山秀，长盛自古今。

注:自公元229年起,先后有东吴,东晋,南朝的宋、齐、梁、陈,南唐,明等在南京定都,故南京有“十朝都会”“六朝古都”之称。

携孙女登紫金山见麂

曾经虑紫峰，漫野乱人声。
密径稠蛛网，疏林断兽踪。
眼尖孙见麂，心细叟量松。
窃喜民风转，辋川待郁葱。

注:辋川,王维晚年归隐之地,以山林茂密、清幽著名,这里意为期待紫金山如辋川一样郁郁葱葱。

六朝帝王陵墓神道石刻

蟠龙卧虎金陵胜，石刻空留忆旧年。
断羽辟邪沉旷野，残身望柱没云烟。
颂德文字风吹尽，碑画凿痕辨江山。
未解南朝春早去，芳花依旧故都妍。

注:佛教石刻与神道石刻为我国石雕艺术两大组成部分。魏晋南北朝时期,北方佛教石刻(以石窟为代表)称雄于世,南方以陵墓石刻独树一帜。南方陵墓石刻无论是造型、雕刻技法,还是文字、书法都达到了较高水平,其中以金陵六朝帝王陵墓神道石刻最具代表性。

笔者于2008年6月至11月,利用节假日根据收集到的珍贵资料,实地考察了南京周边地区遗存的六朝帝王陵墓神道石刻32处,拍摄照片近500幅。

神道即墓道,意为神行的道路,置于神道两侧的石刻称为神道石刻,起墓地标识和仪仗侍卫作用。六朝帝王陵墓神道石刻通常由石兽、石柱、石碑等组成。石兽有三种形式:头上有独角的叫麒麟,头上有双角的叫天禄,头上无角的叫辟邪。石兽体形高大,昂首挺胸,张口露齿,目光有神,腹部两侧刻有双翼,四足健壮,似步若飞,整体形态威猛庄严。石柱,又名神道望柱、华表,由柱首、柱身、柱座三部分构成。石碑最早作为葬具,中间挖孔,名曰"穿",作为装轳辘的支架,用于将棺椁放入墓穴。到后来,石碑由碑首、碑身、碑座三部分构成。碑首一般为半圆形,正中有长方形碑额,其上刻有与墓主身份有关的朝代、官衔、谥号等文字。碑身两面刻字,主要记载墓主生平事迹。碑座,又称龟趺、赑屃,是传说中"龙生九子"中善负重的神物。

辟邪是南京市市徽。

凭江远望

风卷长江浪涌天，汀洲浮动树抹烟。
斜阳振翅一鸥去，万里寒云任覆翻。

遥望钟山

钟山翠玉人，玄武镜鎏银。
四季时装艳，娇羞镜中临。

燕子矶雨中望江

燕子矶头雨潇潇，长江万里浪滔滔。
巨轮豪迈一声吼，满载兴托向海涛。

注：燕子矶，位于南京市北郊观音门外，为长江三大名矶之一。

癸巳年雨水节气南京紫金山赏雪

正疑雨水见朝霞，便喜天公洒水花。
雪簇梅香萦玉宇，风吹山籁笼绫纱。
惊啼雏鸟林间绕，嬉戏儿童雪地爬。
孙帝有灵如梦醒，应疑盛景属谁家。

注：孙帝，指孙权大帝，其陵墓在紫金山南麓梅花山下。

元宵节夫子庙观灯不见月

十里秦淮夜色妍，银河疑落到人间。
万灯赏遍嫦娥去，或忍人间有未圆。

厦门飞南京冰火两重天有感

闽南烈日炎，春早短衣衫。
驾燕归乡里，江东大雪寒。

雨水节气再逢雪

去年雨水雪飞扬，一夜金陵尽玉裳。
岁去今晨寻旧径，欢天梅雪落身香。

登钟山

无常世事困心身，幸有钟山作恋人。
林中清风拂面醉，夕阳才下月东临。

望钟山

钟山灵气紫烟生，首府十朝走马更。
真有蟠龙垂顾此？江山依旧看迭兴。

游钟山遇雨

得闲天大晴，日烈密林清。
绿草侵山道，黄鹂啭谷风。
雨急松作伞，云卷霁为屏。
喜望虹桥近，霞晖伴我行。

凭燕子矶有思

残阳斜照燕矶雄，一叶孤舟隐浪中。
曲险人生难卜测，握牢舵把看渔翁。

登燕子矶

六朝形胜地，风景倚江湾。
水打一矶险，帆踏万浪翩。
诗仙曾把酒，清帝也泊船。
偕友登高望，天长燕子翻。

金陵梅花山赏梅

二月东郊春意闹，梅花艳丽惹人怜。
佳人梅下争合影，可解梅心忌附炎。

清晨玄武湖漫步

飒爽晨风暑意湮，逍遥岸柳荡秋千。
徐行随伴莺幽曲，小坐旁观叟醉拳。
五渚相隔喧市远，三山拥抱碧一湾。
如约旭日东方起，点亮湖心圣火燃。

玄武湖晨歌

夜雨涨春潮，晨风送雁高。
清歌杨柳外，几缕曙烟飘。

玄武湖晚唱三首

其　一

闲步随风上柳堤，游凫昵戏鸟娇啼。
兰舟剪皱一池水，留下长歌漾晚夕。

其　二

风拂柳叶依依荡，水映桃花洒洒飞。
十里长堤红日落，乘风纸鹞忘情追。

其　三

岸柳摇新绿，娇莲淡雅红。
飞霞合水漾，吟唱晚归鸿。

冬泳玄武湖

半抱青山半抱城，烟波四季妙无穷。
尤怜大雪倾天落，搏浪湖心不老童。

乙未年中秋玄武湖赏月

宴罢中宵未觉迟，湖边漫步草虫吱。
一轮皓月圆千里，应照乡园老桂枝。

玄武湖水中望月

琼阁玉厦水中明，入夜平湖映金陵。
奔月嫦娥犹悔意，人间览胜走还停。

饭罢健走玄武湖

夏夜星繁月掌灯，莲湖岸柳荡清风。
亭边亮剑桥头舞，银发潮妈唱太平。

初夏湖景

玄武湖边六月风，愉心养性远郎中。
小荷亭立蛙吟唱，出水鸬鹚戏钓翁。

湖边散步赞老人

晨风清爽鸟叽叽，湖水漪涟柳依依。
水榭扬歌牵幼子，松林舞剑话儿媳。
早年劳碌亏筋骨，今日悠闲健朽躯。
不把家人心操碎，何甘撒手论归期。

夏夜游湖有怀

波光潋滟夜空灵，荷叶摇凉胜电风。
几处蛙鸣诗梦起，心随苏子问蟾宫。

注:尾句借意苏轼《水调歌头·中秋》:“明月几时有,把酒问青天。不知天上宫阙,今夕是何年。”

玄武湖春堤

何处觅春光，长堤展画廊。
桃红杨柳绿，鸟语悦斜阳。

玄武湖观荷二首

其　一

雨后摇香碧水湾，芙蓉粉面意清恬。
青青荷叶连山翠，点点飞禽戏水闲。

其　二

夏雨初晴翠满塘，转亭过栈赏时芳。
游人引颈谋一吻，倩笑芙蓉在水香。

咏　菊

春夏满园芳，青苗寂冷墙。
霜华凋百卉，菊占一秋香。

注：玄武湖菊展，笔者闻香而至，眼前一亮，赋小诗以抒怀。昔日小草，今朝绽放得那么绚丽多姿、清香醉人。这菊似快乐儿童，天真烂漫；似青春少女，纯洁中带着些许羞涩；似出嫁新娘，幸福挂满脸庞；似成熟贵妇，庄重而气韵犹存。

紫金山避暑

金陵八月洗桑拿，火烤长空映晚霞。
大暑何如平气燥，临溪赏景饮闲茶。

媚香楼忆李香君

十里秦淮棹桨悠，六朝览胜忆风流。
香君故影何方觅，血溅桃花唱玉楼。

媚香楼新影

秦淮月影漾春波，丰采娇娘夜半歌。
血溅桃花扬骨气，香楼依旧世情薄。

赞青奥会天气

喜闻青奥莅南京，播雨龙王自请缨。
横扫阴霾驱酷暑，八方异口赞穹清。

参加莫愁湖龙舟赛

莫愁女畔起狂澜，竞渡龙舟箭在弦。
擂鼓击波豪气涌，炎黄血嗣勇争先。

注:2010年端午节,笔者作为南京《金陵晚报》读者龙舟代表队的一员,参加了在莫愁湖举办的全市龙舟大赛,赋诗纪念。

登南京古城墙有怀

依山傍水绕石城，王气云烟砖上生。
金粉十朝东逝水，历经劫难更浑雄。

紫霞湖畔中秋赏月不遇

桂子馨香水面来，举杯邀月翠亭台。
嫦娥许是羞初嫁，妆罢盖头不肯开。

夜访灵谷寺

秋风林鸟脆，明月桂花香。
古寺钟声寂，佛音韵味长。

秋游栖霞山

为避俗尘返野林，栖霞十月胜韶春。
秋风解意催红叶，染醉夕晖与客心。

登栖霞山

形胜江南久仰名，登门踏访恰秋浓。
山朝碧汉人王拜，水护金陵茶圣躬。
红叶悠悠风蹈火，香烟袅袅鼓敲经。
飞霞伴舞征鹏远，庄子逍遥共意行。

注：栖霞山，位于南京市东北郊，为中国四大赏枫胜地之一，历史上曾有五王十四帝登临。山中古迹遍布，风景优美，茶圣陆羽曾在此种茶、品茶，现存有试茶亭和陆羽茶庄。山脚下的栖霞寺始建于南齐永明年间，是佛学“三论宗”祖庭、佛教“四大丛林”之一。

登栖霞山有思

远眺栖霞山，枫林艳欲燃。
峰出江畔秀，寺没谷幽烟。
品饮茶仙水，时闻梵钟禅。
高僧何处拜，心静素云闲。

注：茶仙，指陆羽。史载茶仙陆羽曾到栖霞山考察茶事，留下了采茶、试茶的足迹，后人为纪念他，在山中建造了试茶亭。

栖霞山秋韵

栖霞秋日焕娇容，霜叶婆娑次第红。
古寺钟声扬岭外，心随南雁上青空。

再登栖霞山感怀

日照阴霾散，层林入眼欣。
长空南雁叫，拨动少年心。

乙未年大雪二首

其　一

铺天暴雪北方来，一扫尘霾玉宇开。
零下十度冻不住，欢天最是雪中孩。

注:零下十度,即零下十摄氏度。

其　二

玉雪轻盈舞，寒梅自在香。
南徙关外鸟，一夜见家乡。

郊游石塘竹海

绿水青山抱，黄花篱下明。
鸡鸭闲草甸，秦汉古风承。

雨花台祭奠先烈

雨收松柏翠，风起桂花芬。
血染国旗艳，功丰万古存。

访浦口车站码头并乘渡船过江

虎踞龙盘扼大江，江流浦口浪猖狂。
十朝霸业依天险，一道长虹枕艳阳。
无际蓬茅侵浦岸，空余渡口诉兴亡。
汽笛声里千帆竞，直借长风济海洋。

注：一道长虹，指南京长江大桥。

再登钟山怀古二首

其　一

钟阜龙蟠地，结邻再拜芳。
峰高拔地峻，水阔护城滂。
草蔓仲谋骨，山封太祖窗。
浮云空聚散，无语立斜阳。

其　二

夕照钟山满目青，江挥银练镶画屏。
东吴旧土梅花艳，明帝故宫歌舞轻。
奥运公园烟袅袅，秦淮河畔宇重重。
十朝霸业消沉后，锦绣南京万象兴。

雨后登紫金山感怀

阴雨犹觉世路艰，攀登汗水洗尘烦。
林荫环绕灵谷寺，雾霭屏遮紫金巅。
气壮还知人未老，心清且感念得闲。
诗情留待身后鉴，淡看人生晴雨翻。

踏 雪

洋洋洒洒弥天雪，一夜江南媲北国。
冷冽何拦寻景客，东郊野岭访仙娥。

灵谷寺纳凉

空门灵谷寺，酷暑好乘凉。
静悟佛音妙，超然小憩香。

拜郑和墓

郑公一睡六百秋，遗冢青山载风流。
开拓南疆威四海，舍身使命誉神州。

注：郑和墓，位于南京市牛首山南麓，墓按伊斯兰风格修建，墓形为回字形。郑和于1405年至1433年先后7次下西洋，首次远洋航行比哥伦布首次出海远航还早87年，极大地推动了人类文明的进程。

初秋登钟山赏月

向晚起游兴，东山玉兔生。
入林分野径，过涧透禅宫。
月迹天机运，人心大道行。
回眸归返路，灯火满城明。

雨过玄武湖览胜

雨洗金陵分外娇，六朝新貌耸云霄。
一池碧水流光彩，大写雄图胜梵高。

南京渡江胜利纪念碑

巍耸征帆屹浪头，雄师浩荡越鸿沟。
无名烈士头颅血，汇入长江万古流。

国家举行南京大屠杀公祭有感

全城笼罩警笛嘤，似泣亡灵诉兽行。
旧恨未平卅万戮，新仇更涌九州膺。
百年积弱雄狮病，五世锁国恶寇狞。
虽道归田盔甲卸，廉颇未老请长缨。

注：五世，即5个世纪。元末明初，日本倭寇不断骚扰我国东南沿海，百姓深受其害，以戚继光为代表的一大批爱国将领奋勇抗击，多次取得对倭战争胜利。但是，软弱无能的明清政府却采取“海禁”与“闭关锁国”政策，直到1840年帝国主义用武力迫使清政府开关进行所谓的“自由贸易”，前后延续了约500年。

新年初雪

昨夜关东梦，出门满目银。
欲思谁共赏，赶路雪中人。

游滨江公园

夕阳挥彩笔，点醉流金江。
拾金渔舟远，人归诗满囊。

游江北浦口响堂村

一路青山伴客香，桃花三月俏西乡。
还思诗圣寻花句，黄四娘家徙响堂。

又上钟山

云淡天高玉宇澄，拾阶直上紫金峰。
斑白未减凌云志，长啸豪怀壑有声。

咏物怡情篇

赞小草三首

其　一

小草无名未入园，甘心寂寞野途边。
阳光一缕知恩惠，雨露三分报永年。
野火烧身浑不怕，寒冰没顶且安眠。
百花斗艳蜂蝶舞，绿洒天涯自清闲。

其　二

不善发花不仰攀，雪山沙漠自心安。
焚身野火何惶惧，也傍凤凰入涅槃。

其　三

小草貌寻常，吟思意未央。
心萦天下绿，性秉九州芳。
野道为邻里，荒原作故乡。
慕君无诞欲，伴我谱华章。

仙人掌

任凭风雨浪天涯，畚土尘沙励奋发。
酷暑严寒堪立命，天光雨水即开花。
愉情海角清鸥舞，倦意庭前乱客哗。
虽是身微心亦烈，横生硬刺卫贫家。

赞　云

一片孤云岭北悬，无根无伴惹人怜。
休言此是无心物，化作甘霖润沃田。

农　忙

闲云几片低，飘漾伴风嬉。
农户忙收谷，汗流浸透衣。

插秧歌

细雨梯田玉片白，谁家燕子捕虫来。
蓑衣斗笠秧苗嫩，诗意山乡画卷开。

秋 收

秋日山川醉，云舒大地忙。
机鸣田鸟悦，五谷染黄岗。

咏荷六首

其 一

艳艳荷花朵，亭亭立水中。
单茎独玉立，对影两心倾。
淑雅污泥怯，香清暑气融。
仲秋容貌逝，尚有藕丝浓。

其　二

正是荷花绽放时，风拂莲朵叶摇诗。
生情更在红颜褪，莲子盈塘藕有丝。

其　三

莲藕甘甜莲子苦，同身孕育味何殊？
根生永夜珍光润，籽处荷房日久枯。

其　四

身处污浊未自卑，红蕖清雅籽白肥。
任凭霜霰摧朽骨，犹立枝头傲冷晖。

其　五

月下水波平，蛙绝鸟匿声。
冰霜根烈壮，翌夏叶煽情。

其　六

冬寒泥水养精神，夏暑清香净世尘。
非我心偏勤咏唱，芙蕖性善懂酬恩。

咏腊梅五首

其 一

逆风狂啸雪花飘，关外银装裹六朝。
小院梅香拦不住，冰寒彻骨展情操。

其 二

百卉齐喑待盛春，出墙梅朵怒摇芬。
莫言逐宠沽名利，傲雪凌寒捍本分。

其 三

信步郊游到岭前，暗香浮动野亭边。
隆冬二九谁迎雪，一树腊梅绽严寒。

其 四

哀风肆虐物消沉，百草凋零待煦恩。
傲雪凌寒识骨硬，梅开院角觅知音。

其 五

名落岁寒三友后，争先百卉雪中香。
春归大地群芳艳，摇曳虬枝绿透窗。

注：岁寒三友，出自宋代林景熙的《王云梅舍记》："其居累土为山，种梅百本，与乔松修篁为岁寒友。"松、竹经冬不凋，梅则迎寒开花，松拙而遒劲，竹瘦而心虚，梅寒而丽秀，故称"岁寒三友"。此书中所言的"梅"指梅花，而非腊梅。

雪日读诗

雪花飘雅趣，茶伴万家诗。
诗海深东海，鱼龙竞舞姿。

春　雷

一声雷电破深更，何故天公怒气生？
洞鉴风云将逆变，唤醒苍生备春耕。

山中问野花

山花甚雅名？能放几时红？
可愿瓷盆养？何堪尔受惊。

登山逢阵雨

亭南风骤起，亭北雨遮山。
旱涝应无恙？夕阳岭下燃。

赞黄沙

沧海桑田演变沙，曾经卧底伴鱼虾。
欲知力大心高远，万丈云楼仰仗它。

池　塘

荷香驱暑气，杨柳舞翩跹。
一鸟临洲静，群蛙近岸喧。
孤单觉日久，聚众惹心烦。
养性时思省，松高耐雪寒。

品茶一字歌

一山一垄一茶娘，一叶一旗一篓香。
一盏一壶一皓月，一分闲趣味回肠。

山中荷

山行半日见人家，九月石屋傍藕花。
欲晓芙蓉独恋此，因得净水远喧哗。

银　杏

亿年造化未成石，岁岁果实乐布施。
独恋炎黄神圣土，深秋树树铸金诗。

注:银杏树为我国特有树种,是最古老的子遗植物,被誉为“活化石”。因佛祖释迦牟尼在菩提树下悟道成佛,故菩提树被称为佛教圣树。菩提树喜温湿,寒冷地区无法种植。银杏树寿命长,适应性强,树身高大,果实富有营养,气质非凡,叶形洁净素雅,含有不受凡尘干扰的禅境,被视为我国的菩提树。我国北方的佛寺中广泛种植银杏树。

咏　梅

铁骨冰心远世尘，冰封三尺砺精神。
迎风雪里悄然绽，大地识香始返春。

咏竹二首

其 一

幽居僻境暑寒侵，入世清节自烙身。
莫道风波摇倩影，凌云不改性虚心。

其 二

雪压翠筱低蒿草，未计流言志向高。
他日天晴重翘首，试同松柏论风骚。

赞高山杜鹃二首

其 一

四月桃梨竞吐芳，山寒云冷杜鹃苍。
不为岭下红尘惑，五月留春火焰昌。

其 二

正是菜花谢落时，春风才暖杜鹃枝。
居高不避寒云晚，怒放今朝为客迟。

注：菜花，即油菜花。

野山菊

怀春终抱梦，花谢傲秋风。
犹守凌霜志，风骨立幽踪。

夹竹桃

叶碧胜竹蒿，花娇灿李桃。
光鲜明外表，噬血隐屠刀。

注：夹竹桃，常绿灌木，叶面深绿，状似竹叶，花期几乎为全年，以夏、秋为盛，我国南方多栽于道路旁，其叶、皮、根、花、种子均有较强的毒性，人、畜误食能致命。

观温室花展

叶嫩花娇艳，兰房斗绿红。
犹觉风韵浅，未浴自然风。

赏油菜花二首

其 一

明媚金花满目黄，徐风丽日送清香。
游人没入芳甸里，误引蜂蝶逐俊郎。

其 二

黄花撩客醉，物候北南殊。
塞北才青色，江南已籽熟。

石 榴

鲜花硕果满枝丛，暑日燃得绿树红。
待到中秋华夏庆，石榴多籽兆丰隆。

凌 霄

攀篱附木欲凌霄，得势娇横觑草蒿。
取巧难为身骨弱，心虚胆怯见风摇。

无花果

未必无花不孕实，天施智慧果一枝。
不学桃李妖娆态，美味清毒胜玉食。

注：据考究，亚当和夏娃在伊甸园偷吃的智慧果可能是无花果。无花果不但味美可口、营养丰富，而且其果、叶、根均可入药。无花果并不是没有花，只是花极小，不易观察到。

咏桂花二首

其　一

昨夜秋风起，石阶尽落英。
芳华非短暂，时令有常恒。
馥郁君当爱，衰残汝莫惺。
俯拾香在手，佐饮放诗情。

其　二

绿叶藏身米粒黄，经冬历夏酿琼香。
羞闻冷语俗模样，只为金秋万户芳。

咏合欢花

叶状含羞草，嫣红玉树栖。
纤纤明锦院，缕缕暗香衣。
入药开食口，生花抑忿息。
此情何物媲，我辈应怜惜。

注：合欢不但树形、叶形美观，花美艳，而且合欢花内含合欢甙，入药具有安神、开胃、止痛等多种功效。

赏昙花

无闻百卉间，蓄势漫经年。
羞共蜂蝶舞，只合悦己颜。

注：昙花一般在晚上八九点时开花，花大而美丽，次日凌晨三四点时花败，只有爱花之人才能观赏到。昙花可以入汤，口感细腻柔滑。

咏高山松

巉岩峻壁寄拙身，昂首云天未计春。
欲问坚强不老药，风摇雪虐立深根。

咏菊花

庭院山间处处家，春来夏去隐芳华。
重阳醉眼寻诗去，唯有菊花作报答。

品兰二首

其　一

春兰冷日慧心出，傍晚临窗郁气浮。
暂放《楚辞》别楚客，直将香草视清姑。

注：楚客，指屈原。

其　二

开春百卉竞芬芳，山谷平原换彩装。
何必劳足寻盛迹，寒房兰草暗清香。

咏红枫

冬至百花凋，凌寒红叶飘。
非经霜浴骨，怎见品格高。

传 承

自古禅茶一味经，吟诗进酒两相称。
中华文化博深远，得幸传承益养生。

赞 茶

本是南山小草芽，随风飘舞绿天涯。
采撷天地精灵气，化作清香入万家。

赞黄山迎客松

舒展殷勤手，礼倾硬汉腰。
根深扎壁缝，叶茂入云霄。
雨雪清尘垢，风霜斩病妖。
诚迎天下客，享誉在情操。

赞黄山松二首

其　一

昂首苍天远世尘，风霜雪雨锻精神。
不须赞羡风姿劲，只要心宁自在身。

其　二

黄山松木上仙栽，挂壁插峰塑俊才。
傲雪迎风心毅烈，礼仪天下释情怀。

赞黄山云二首

其 一

近观为雾远凝烟，亦梦还真咫尺间。
化雨呼风山欲坠，纱帷揭去是青莲。

注：青莲，指黄山最高峰莲花峰。

其 二

盘古开天造蜃楼，诸仙御驾圣靴留。
正疑石险松风籁，一朵祥云载我游。

注：圣靴，指仙人晒靴石。

观黄山梦笔生花峰

千山竞秀展雄姿，万壑奔流化雨丝。
遥望一峰云里动，生花梦笔正题诗。

黄山莲花峰

白莲云里向天开，绿叶为山不染埃。
身入莲心同素净，诗情借景上天垓。

黄山四绝

峥嵘铁戟指天庭，浩瀚波涛世外倾。
偃卧斜横龙破壁，流涎吟唱谷间风。

注：黄山四绝，即奇松、怪石、云海、温泉。

黄山翡翠谷

翡翠一溪壑外流，苍松碧筱掩深幽。
童欢惊起闲鸣鸟，画卷飞出醉客眸。

黄山观日出

浩浩白云脚下腾，熙熙红日照险峰。
长风万里情怀烈，试与苍天唱和声。

螃　蟹

江湖潜匿举戈兵，欺侮鱼虾霸道行。
幻想红装登殿日，岂知魂散飨嘉朋。

寿　龟

千年长寿龟，万事远伤悲。
四季缩头度，灵丹悟彻亏。

小　兔

龟兔争先名典故，岂知小兔让赢龟。
居安三洞防忧患，践礼思危谑笑谁？

鹅

禽鹅天地分，人赞天鹅珍。
习性清波境，志高万里云。
塘鹅衣被暖，蛋肉味香醇。
红掌踏实地，鹅鹅悦耳音。

老　虎

凛凛威风百兽王，光明磊落印额堂。
相争二虎为名利，人喊和平舞霸枪。

骆　驼

万里长征四海家，不辞寒暑走天涯。
驼铃路上文明启，直贯中西惠万家。

狮　子

仰天一吼兽魂惊，王位逐争益种兴。
西土贡狮宜友谊，东方敬尚作祥灵。

鼠

生肖排兽首，暗地害人虫。
若论何奸恶，不及蠹吏凶。

蛇

诱人食禁果，劳作百花香。
冷血人良友，当心蛇女郎。

注：据《圣经》记载，上帝造出人类祖先亚当后，又用亚当的肋骨造出了夏娃，置二人于伊甸园中。上帝告诫二人，园中除生命树和智慧树上的果子不能吃外，其他果子都能吃。后来，蛇引诱亚当、夏娃偷吃了禁果，上帝发现后把二人赶出了伊甸园。

蜜　蜂

山岗田垅自由翔，赏遍风光采百香。
无意栽花花烂漫，有心酿蜜蜜三江。

麻　雀

天阔自由翔，林深任唱腔。
觅食寒暑里，羞入玉金堂。

注:麻雀是大自然的精灵,如果被限制自由,禁锢在笼中,宁死不食。

龙

华夏图腾烙汉魂，至今龙舞古风存。
百年耻辱阴霾散，动世祥龙闹五云。

注:五云,即五色瑞云,古代为吉祥征兆。

六畜歌[①]

其一　鸡

雄鸡一唱破黎明，起舞人间万户声。
兼备五德君子义，薄恩厚报酒肴情。

注：西汉景帝时，太傅韩婴著《韩诗外传》赞鸡：头上有冠，是文德；足后有距，是武德；敌前敢拼，是勇德；有食呼友，是仁德；守夜不失时，天时报晓，是信德。“鸡”与“吉”近音，故民间视其为吉祥物。

其二　狗

卫国护院显忠心，海角天涯报警音。
巧借狗鼻耳目用，蒙羞忍辱见精神。

注：据科学家考证，约1.5万年前，狗由狼被人类驯化而来，有着“人类最忠实的朋友”之美誉。狗的嗅觉、听觉、视觉、记忆力远胜人类。如今在边防、缉毒、侦查、搜救、导盲等领域，处处可见狗的身影。有讽刺性的是，含“狗”字的成语、词组大都是贬义的。

---

①六畜，泛指家畜。《周礼·天官·庖人》记载：“庖人掌共六畜、六兽、六禽……”南宋王应麟的《三字经》中也有：“马牛羊，鸡犬豕。此六畜，人所饲。”《三字经·训诂》对六畜还做了精辟的评述：“牛能耕田，马能负重致远，羊能供备祭器，鸡能司晨报晓，犬能守夜防患，猪能宴飨速宾。”

我们的祖先除为自己设立了春节、元宵节、中秋节等外，也为六畜设立了节日。古代礼俗规定，一年的头六天是六畜节日，即正月一日为鸡日，二日为狗日，三日为猪日，四日为羊日，五日为牛日，六日为马日，七日才是人日。六畜节日里，人们给它们吃最好的饲料，祈求神灵保佑六畜兴旺。

其三　猪

莫笑情商八戒高，饱食香睡自逍遥。
人间若少猪元帅，多少口福黯然消。

其四　羊

温柔替罪羊，祖辈跃云岗。
锐角逐强兽，如今作宴殇。

其五　牛

农业文明脚下书，晨耕暮作未服输。
临终奉献全身宝，更有牛黄解百毒。

其六　马

踌躇千里马，负重向夕阳。
纵有天涯志，也须伯乐相。

迁新居二首

其　一

寄世一福事，栖居应宿心。
择山为密友，傍水若贤君。
户简能开笔，阳足好养身。
兴来门外去，闹市贯云村。

其 二

东望钟山绿万重，前观玄武画船行。
犹怜夜半华灯灭，一盏清茶伴月升。

童 趣

明媚秋光抚绿茵，公园无处不欢欣。
儿童戏把南归雁，当作风筝闹手擒。

山夜吟

溪清月戏鱼，林籁逗山蛐。
夜半风吟态，摇香树下菊。

自制盆景

山渊挖野趣，朽木再欣荣。
风景移寒舍，林中四季耕。

赏石二首

其　一

千里周游捡陋石，闲暇把赏乐不支。
一石一岳怡心事，书写延年益寿诗。

其　二

顽石若赋情，经久慰心灵。
无奈归乡去，还余此物凭。

花情四首

其　一

绿草香花满院台，四时景秀自然来。
闲花脉脉钟情我，我恋闲花远世埃。

其　二

久立阳台兴未艾，神交香翠意蓬莱。
刀枪在手随心舞，巧借春晖入陋宅。

注：刀枪，指剪刀和喷水枪。

其　三

操劳一岁神，才赏两天芬。
花谢情缘在，相约雪后春。

其　四

阳台花草六七枝，欲引春风四季驰。
水土光肥皆有道，怡情养性赋新诗。

惜　花

春分子夜临，寒雨落英新。
谁解花禅意，相惜作怅吟。

仙人报瑞

仙人报瑞十八朵，重五祺祥斗舍来。
亲友托思无俊语，传花一笑释情怀。

注：盆栽仙人球端午时节盛开十八朵花，笔者甚喜，拍照片并赋诗发微信朋友圈与大家共赏。

南京林业大学赏樱

去年花雨怨东风，遍地残香忍践行。
寒苦凋心春又早，樱花笑靥待诸卿。

花　馨

曾经暗赏幼花欣，一叶一枝总上心。
再会芳华虽盛后，依然风韵见德馨。

香　情

嘉年绮梦在身前，月下千花一朵鲜。
相会奢求叶一片，香情难忘赐春天。

花　语

花娇色艳味香浓，当采及时两悦中。
纵使芳华难日久，还留知己念无穷。

仙人球

昔日抛沦小刺芽，今朝花艳惹人夸。
辛勤浇灌得收获，草木冰心懂报答。

养 性

一石思岱岳，一草看幽林。
闹市蜗居静，修身在净心。

飞机上赏日落有感

万里长空落日圆，宇清霞绚笼人间。
转移视角观天地，气象一新另有天。

寒 柳

月朗星疏冻九霄，北风猎猎柳萧条。
刚柔有道英雄色，来日春堤尽妖娆。

养　龟

独霸山头享暖阳，举头四顾虎横岗。
龙宫景胜怀春梦，谁解龟心念故乡。

龟牛配

拉牛强配意如何，不惯龙宫自带窝。
龟女求郎舍美味，秋波暗送蜗牛哥。

注：笔者登山捡到蜗牛一只，遂投入养龟盆中，闲暇时观察乌龟、蜗牛的活动情况，乐在其中。查资料得知，蜗牛是世界四大名菜（蜗牛、鲍鱼、鱼翅、干贝）之一，味美而营养价值高。乌龟本是蜗牛的天敌，而笔者养的乌龟、蜗牛却相安为友。

秋　思

白露为霜桂子香，雁鸣捎信叩秋窗。
相思不诉离别苦，惟问君安与健康。

梦中有思

梦里扶犁垄上耕，鞭牛叱斥累无成。
清笛唱醒急煞汉，犹记童声巧使绳。

好　雨

大旱降甘霖，心欢户外淋。
应知菽麦喜，犹见老农欣。

过花神节

今日龙抬首，群芳四海生。
盈香千万里，锦绣九州兴。

注：二月初二龙抬头，亦为花神节，万花生日（也有地区以二月十二、二月十八为花神节）。

眼　界

湖边春意醉，晨练步伐轻。
波静桥双影，心平眼界明。

忧　泉

岩缝甘泉自在流，四时弹奏曲声幽。
安神陶醉尘嚣客，伴月催眠野谷鸠。
有志恒行奔大海，无心蜿绕恋石沟。
清纯得益无私欲，山外阴谲令杞忧。

寄语山泉

山溪清且浅，韵响濑石甜。
淑宛出空谷，洁身在素颜。

赞海礁

巍然挺立海角头，力挽狂澜未计秋。
直把涛声当婉曲，刚强只在舍私求。

赞渔民

大海作东园，船耕万顷田。
辛劳风浪里，网起满席鲜。

岁末咏怀

梅丌梅落又一春，脚踏青山览壮文。
画意诗情收笔底，心随陶令向柴门。

扬 帆

日丽好个秋，扬帆踏浪头。
滔滔东海阔，复返满渔舟。

池塘晚燕

欲晴还雨洒荷塘，缕缕清芬入晚香。
燕子谁家贪戏水，可识月下小轩窗。

咏折扇

依依不舍伴君行，轻展娇身唤御风。
暑气清除人飒爽，无间日久是离情。

赏大丰郁金花海

神笔绘田园，郁金醉眼观。
彩虹托野老，自在似花仙。

观风筝有感

貌似雄鹰上九天，身轻无力赖丝牵。
摇头翘尾讥莺燕，一阵旋风现纸鸢。

花　友

心闲自有时，养性伴花枝。
细作滴汗水，精修展逸姿。
草科光忌烈，木本土嫌湿。
植物通人性，神交互赏识。

石榴花

日烈众花枯，石榴火似烛。
燃到重九日，万籽兆洪福。

赞菊花

千红万紫放神州，时至重阳艳且羞。
待到霜寒凋百卉，恬然颜褪傲深秋。

赏　梅

无人无雪古桩梅，寥落崖边自芳菲，
《一剪梅》歌萦脑海，心中郁怅诉于谁？

赞萝卜花

未必名花使爽心，萝卜利便亦微芹。
一抔淡水及光亮，不负春光不负君。

注：萝卜发芽了，笔者一时兴起，将其芽头切下泡在水中，不经意间三周过去，萝卜花开，欣喜之情不胜言表，诗以咏之。

微芹，赠人的礼物谦称，语出《列子·杨朱》。

咏　雪

漫野玉蝶舞，融融被万村。
冰心悄付水，流润百花欣。

兰草未开花有感

出身幽谷里，安惯暖堂生？
肥水折天性，清香岂肯呈。

观霜菊有思

无情岁月老人身，赏慨秋菊毅不矜。
何必愁怀华发落，难得心趣守童真。

赞啄木鸟

丁丁谁盗木？休玷义侠名。
山大生吉鸟，林深养蠹虫。
舍得头撞破，只愿岭长青。
羞与莺歌伍，高枝觅壮情。

题《采茶姑娘》

你从山里长，笑脸带泥鲜。
茗馈千家客，余香十指间。

注：为友人摄影作品《采茶姑娘》而作。

旅行组诗篇

一、西部环游三万里①

西 行

铁马扬情三万里，追踪霞客浪天陲。
踏平坎坷安服老？敢教芳华再复回。

览胜虎跳峡

波涛翻滚绕青山，行到玉龙势盖天。
两岸危崖金沙落，一石砥柱巨浪掀。
传说猛虎不怵险，喻理苍生莫惧难。
振臂临江一吼啸，千军万马破雄关。

① 2017年10月至11月，笔者和妻子两人驾车从南京出发，途径江苏、安徽、湖北、湖南、贵州、云南、西藏、新疆、青海、甘肃、宁夏、陕西、河南等13个省、自治区，行程3万余里。自驾旅行中的见闻收录在《西部环游三万里》一书中，受到读者的关注和称赞。旅行中所写的部分诗歌，记录了笔者对祖国大好河山的赞美及感叹，这次对原诗稿进行了修改增补，一并纳入本诗集中。

虎跳峡观龙虎斗

拍天巨浪怒雷霆，疑似黄龙阅水兵。
更有强敌拦路虎，跳石日月显威风。

滇藏公路西藏察隅段望梅里雪山感怀

胜日白云系素腰，神山回望峻中娇。
飞来寺雨迷归客，多少愿违半步遥。

注：梅里雪山主峰海拔6740米，位于云南与西藏交界处，是中国十大最美雪山之一和四大神山之一。时逢国庆长假，许多游客慕名前往云南德钦的飞来寺，希望一睹梅里雪山的风采。然而，天公不作美，连日阴雨遮住了雪山的面目，很多游人带着遗憾返回。其实，只要再沿滇藏线驱车200多千米，绕行到雪山东北面的西藏察隅一侧，在公路边上就能欣赏到梅里雪山主峰及周围13座海拔6000米以上的山峰（俗称“太子十三峰”）。

有人说，懂得放弃是人生的大智慧，这话不无道理。但是，生活中还有一些事情，只要再坚持一下，是完全可以实现的。

上香格里拉石卡雪山

石卡一登临，神驰玉宇清。
峰插晴日碧，冰挂劲松莹。
瑞雪铺天际，尘埃敛影形。
徜徉银世界，人性向光明。

黑颈鹤之歌

鹤舞翩翩，独立高原。
喔喔清唳，求友同妍。
鹤步盈盈，独立水滨。
喔喔清唳，求伴偕行。
鹤翔飘飘，独立游遨。
喔喔清唳，求侣共霄。
鹤舞佻佻，独立幽宵。
喔喔清唳，求偶爱巢。

藏羚羊

寒乡旷漠走天涯，世界屋脊筑爱家。
凝聚乾坤灵瑞气，祈求万类共年华。

牦牛颂

放荡高原上，白云羡我癫。
风沙舒硬骨，雨雪洗虬髯。
渴饮冰泉水，饥食漠草餐。
艰难磨斗志，雪域敢擎天。

藏野驴

棕白皮草做衣衫，地铺天房草芥餐。
坦笑“蠢”“秃”心致远，扬蹄潇洒走荒寒。

鲁朗印象

南迦银剑刺玄苍，雅鲁柔情万古长。
放逸牦牛街市走，石锅鸡味百家香。

注：石锅鸡，指用特定石材雕刻的锅所炖制的鸡，因味美而名扬天下。

赞盐井加加面

一碗加一碗，美食四海传。
将军非大肚，百碗只及关。

注：加加面是藏东盐井镇的一大名小吃，曾被中央电视台《舌尖上的中国》专题报道。加加面一口就可以吃下一碗，每吃完一碗，店家就再盛一碗递到客人手上，直到客人吃饱为止，故名加加面。不论吃多少碗，每位客人都是一个价，许多游人专程来此比肚量。面馆的最高纪录是147碗，笔者只吃了30碗。

鲁朗晨歌

风吹林海曲，雾锁谷涵虚。
藏寨依山起，牦牛傍草栖。
流泉追骏马，静树度松鸡。
正赏南迦雪，悠然梵偈及。

驶往拉萨途中见膝行者

漫漫云衢路，精神洗礼行。
心中怀善念，雨雪亦天晴。

圣城拉萨

历经雨雪向难行，水远山长证性灵。
拉萨供佛完夙愿，修德养善藏家风。

瞻仰唐蕃会盟碑

和亲年已久，瞻仰忆芳踪。
一女息兵乱，多年免骨争。
高原播智种，东土望亲翁。
日月山灵秀，回流水殉情。

注：文成公主(625—680年)，唐朝宗室之女，641年远嫁吐蕃，唐蕃自此结亲，两百年相安。文成公主博学多能，促进了唐蕃间经济文化的交流和汉藏民族的团结合作。

相传文成公主离别长安，远嫁松赞干布，途中思乡心切，取出临行前唐太宗所赐日月宝镜望乡，却不幸失手，宝镜摔成两半而形成日月二山。大山还阻挡了东流河水的去路，河水到此只能倒流迂回，人们因此将此河称为倒淌河。日月山、倒淌河现位于青海湖东南。

布达拉宫

圣城何处胜，当数布宫雄。
宫是古刹寺，寺为神秘峰。
佛光全藏仰，艺术世间崇。
拜访人生幸，禅音释倦程。

拉萨感怀

阳光灿烂沐圣城，雪域高原再幸逢。
酥乳奶茶溶倦意，锅庄舞蹈化诗情。
达摩灭佛邪身灭，善慧弘法善业成。
汉藏一家谁可裂，唐蕃自古就结盟。

注：达摩，即吐蕃末代赞普朗达玛，因在位时“灭佛”而身败名裂。善慧，即宗喀巴大师，其法名罗桑札巴，意为“善慧”。

珠峰大本营仰望珠峰三首

其　一

几番梦见以为真，真见恍惚憩梦深。
头戴云纱出玉宇，半遮俏面更惊魂。

其　二

珠峰做笔纸蓝天，日夜挥毫梦里瞻。
仰望雄图真面目，惊为瑶界落人间。

注：珠峰，即珠穆朗玛峰。

其　三

玉冠银装傲世出，身临仰止饱心福。
八千健笔青天外，日夜着云绘盛图。

转神山冈仁波齐二首

其　一

冰封阿里绽莲花，屹立高原佑藏家。
万载风霜尢茂盛，佛徒世界至尊葩。

注：冈仁波齐，位于西藏阿里普兰县北部，海拔6656米，峰顶四季被冰雪覆盖，呈圆冠金字塔状，犹如一朵永不凋谢的巨大雪莲。峰顶常白云缭绕，愈发显得神秘莫测，被评为中国最美的十大名山之一。冈仁波齐在藏语中意为“神灵之山”，是多个宗教中的神山。印度教认为该山为湿婆的居所、世界的中心；耆那教认为该山是其祖师得道之处；藏传佛教认为该山是胜乐金刚的住所，代表着无量幸福。常年有众多信徒和游客专程来此地转山，转山一圈约56千米，转山道路海拔4650米至5650米。

其　二

高寒低氧锁征程，点亮心灯任险横。
回望来时云岫路，无晴无雨亦无风。

转神山冈仁波齐夜宿哲热寺二首

其　一

天路逐云上，禅宫伴月寒。
西风灵塔紧，霜气宝幡旋。
万物合王道，仁人礼圣贤。
禅房一夜宿，应信益心宽。

其　二

今朝有幸转神山，妙境洁心步履艰。
近汉高原霜月早，高风梵界客床寒。
气薄五体垂无力，信众中心仰大观。
意定闻钟晨赶路，管他水阻更山拦。

注：信众，信仰宗教的人们。中心，冈仁波齐被众多宗教视为世界的中心。

拉昂错感怀

一水担二山，冷落圣湖边。
碧玉自凝脂，名污心尚兰。

注：拉昂错，人称“鬼湖”，位于阿里地区普兰县境内，与圣湖玛旁雍错仅一条公路之隔，美丽无比。因地处喜马拉雅山脉和冈底斯山脉之间，能同时将两山脉映入湖中。湖水与玛旁雍错相比略有些咸涩，被误传有毒。

穿越新藏线无人区二首

其　一

驱车阿里再西行，旷野荒凉罕见青。
偶有羚羊崖际影，时常郁霭雪山生。
凭他地冻天缺氧，壮我诗心唱大风。
更喜沙迎还雪送，昆仑过后万丘轻。

其　二

挑战禁区到野荒，风光果是不寻常。
金秋旷漠无生命，除却寒风心更凉。

翻越昆仑山二首

其　一

巍巍昆仑山，犹越鬼门关。
寒风沙漫舞，烈日笼荒烟。
缺氧人踪灭，冰封兽困渊。
老夫行到处，踏险履平川。

其　二

寒风刺骨雪相纷，十月千山尽覆银。
壮景煽情起敬意，仰天长啸到昆仑。

帕米尔高原行

汉月胡尘大漠烟，抚今吊古忆张骞。
驼铃改奏观光曲，丝路迢迢不日还。

登慕士塔格峰

久仰冰山之父雄，不辞万里觐尊荣。
天河夏日流不动，疑入南极冰盖中。

赞沙漠护路英雄红柳

茫茫沙海守终生，任尔东西南北风。
虽是名微身骨弱，协心护路戍雄兵。

注：塔克拉玛干沙漠公路是目前世界最长的贯穿流动沙漠的等级公路，起于轮台县，止于民丰县，全长566千米。为防御风沙侵蚀，公路两边种植了大量的红柳。

行驶在塔克拉玛干沙漠中二首

其　一

一波翻过又迎丘，沙海行车似弄舟。
镇定航程凭浪涌，夕阳追我放怀游。

其　二

一入漫沙间，癫狂似少年。
扬鞭驱铁马，逐日浪天边。
塔里木陪醉，胡杨林伴眠。
吟魂丢小宛，垂美问楼兰。

注：小宛、楼兰皆属于西域三十六国，史上曾一度繁盛，后因战乱、缺水等而消失于塔克拉玛干沙海中。历史上一直有楼兰出美女的传说，20世纪80年代出土的楼兰女干尸印证了这种说法。考古专家在罗布泊北铁板河挖掘出一具女干尸，虽历经几千年，尸体依然保存完整。女尸呈仰卧状，黄棕色头发，高鼻梁，尖下巴，被称为“楼兰美女”。

赞塔里木胡杨林

烈日熊熊炙树枝，横斜曲立展英姿。
精神不朽三千岁，大写沙洲壮美诗。

注：胡杨耐旱、耐热、耐寒、耐碱，有“生千年不死、死千年不倒、倒千年不朽”之誉。新疆轮台县塔里木胡杨林国家森林公园总面积约100平方千米，是世界上最古老、面积最大、保存最完整的胡杨林保护区。

再访青海湖

沙海挥别再抱湖，瑰奇碧水竞鱼凫。
环游纵情三百六，大美瑶池脚做箍。

注：沿公路环绕青海湖一周约360千米。2015年笔者自驾至此，走的是环青海湖东南路段，这次的行驶路线为环青海湖西北路段，两次合并正好环青海湖一周。

崆峒山问道三首

其　一

苍山寂寂水长流，香火缭缭未计秋。
多少人生困窘事，清风拂过只悠悠。

其　二

道家名观久经传，一入崆峒似半仙。
岚雾绵延八百里，青峰直上九重天。
丝绸古道驼铃远，成子高徒武术玄。
起舞泾河舒广袖，心随道长暂脱凡。

注：崆峒山，位于甘肃省平凉市城西12千米处，是古丝绸之路西出关中的要塞，主峰海拔2123米，集奇险灵秀的自然景观和古朴精湛的人文景观于一身。

成子，即广成子，上古黄帝时候的道家人物，修行于崆峒山，《庄子》和《史记》都记载有"黄帝问道广成子"的故事。崆峒派武术创始于崆峒山，是道教文化的组成部分，与少林派、武当派、峨眉派、昆仑派并称为中国传统武术五大流派。

其　三

岩高一寺古，叶彩众山秋。
日暮香烟袅，随风方外游。

潼关怀古

锁钥三秦险，关河玉宇清。
忍怀国难恨，复兴必锐兵。

神　游

酣游归返意难消，梳理闲文又半宵。
笔下动情诗境远，梦中神往复云邀。

归来有思

总虑出门窘，漂泊一念轻。
千山由尔阻，万里任余行。
诡险得心法，风尘见世情。
江湖经历后，坦荡面归程。

二、马年春节自驾游福建

下泉州

朝别建邺下泉州，经历冬春日两头。
吴水越山驰铁马，扬波大海献歌酬。

注：日两头，指一日的早晨和晚上，意为一整天。

客家土楼

狗吠鸡鸣百户烟，客家文化筑房檐。
聚心御卫合风水，疑似飞碟落闽南。

注：客家土楼主要分布在闽南山区。有资料说，客家人原是中原一带汉民，因战乱、饥荒等原因被迫南迁，在闽、粤、赣三省交界处形成客家民系。作为客家文化的重要载体和象征，客家土楼保留至今。土楼依据当地的地貌和气候等特点而建，利用当地的泥土，掺和细砂、石灰、竹片、木条等材料，经夯筑而成圆形或长方形外墙，厚达一米。楼高通常三至四层，房屋百余间，户户比邻，仅留一个公共出口。牢固的封闭式结构，使土楼具有团结同族、安全防卫、防风抗震等功能，且冬暖夏凉。

泉州天元寺

佛国古寺久名闻，跨入桑莲法界深。
两列巨榕荫净土，一双石塔度苍生。
紫云殿下瞻佛祖，甘露坛中沐法音。
总为红尘名利惑，仁人善事静六根。

注：朱熹名言“此地古称佛国，满街都是圣人”，使泉州自古就以“佛国”著称。泉州开元寺与洛阳白马寺齐名。同众多名寺身藏高山大川之中不同，天元寺与泉州闹市仅一墙之隔。相传，唐初，此地为桑树园，园主夜梦和尚向其借地建寺，园主不舍，于是故意说若三日之内桑树开出白莲花，就给一块地。三日后果真如此，园主被感化，献地建寺，故开元寺又称“桑莲法界”。从闹市红尘一步跨入佛门，两列千年古榕如护寺天神，震撼人心。东西两侧的仿木石塔高耸入云，历经风雨和8级地震仍坚固如初。泉州有句俗语：“站着要像东西塔，躺着要像洛阳桥”，足见一塔一桥在泉州人心中的地位。

六根，指眼、耳、鼻、舌、身、意。

游太姥山

雄峙东南镇海滨，摩霄峰上望迷津。
犹云半雾天浮岭，似雨还晴脚踩林。
天地无私滋万物，人间有道阔胸襟。
悠然物我皆相忘，日暮佛音醒倦心。

洛阳桥怀古

潮涌洛阳卧蛟龙，凌波千载九衢通。
降龙挥墨绝文武，天下煮茶论蔡公。

注:洛阳桥,位于泉州洛阳江入海口,为宋代大书法家蔡襄任泉州郡守时主持建造的梁式石桥。桥长834米,桥上现遗存有祠堂、石碑、石塔、石将军等古迹,为世界第一座跨海大桥。史上记载,石桥建成时人们在桥下养殖了大量牡蛎,把桥基石与桥墩石胶合凝结成坚固的整体,这一技术被后人称为"种蛎固基法"。因此,洛阳桥也是世界上首个利用生物技术的人类建筑。

蔡公,指蔡襄,史上有名的茶学大家,著有《茶录》。

游崇武古城

抗倭古堡峙沙洲，东海南疆一望收。
崇武男儿雕艺湛，惠安渔女饰风流。

注:崇武古城,位于泉州市惠安县崇武镇,为明代抗倭海防工事,因在东海、南海交汇处,军事地位极为重要,戚继光、郑成功等名将都曾在此扎营驻军。崇武古城素有"石雕之乡"的美名,海滩上数百座精美石雕,是崇武古城的一道亮丽风景线。头戴斗笠、花巾,身着短衣肥裤的惠安女表演的舞蹈,极富闽南渔家文化特色,博得游客一片喝彩。

海上仙境三都澳

纵横阡陌浪作田，浩瀚渔排海面翩。
海市蜃楼天外景，仙螺陶醉忘归天。

注：三都澳，位于宁德市区东南约30千米处，曾被孙中山在《建国方略》中誉为世界最深不冻良港。渔排，指供渔民生活起居的小木屋，其下网箱中养殖着大量的鲍鱼、鳗鱼、黄瓜鱼等珍贵海产品。八千渔排会集连片，构成漂浮在海疆上的田野乡镇，蔚为大观。斗帽岛上奇石林立，其中的螺壳岩外形极似海螺，心空，可容四五人，宛如天外仙螺降临人间。螺壳岩斜立在约40度的海岸岩坡上，历经千万年风吹雨打，巍然不动，让人不禁赞叹大自然的魔力。

赞北涧廊桥

凌空跨水势如虹，展翅廊角欲凤腾。
济度时光三百岁，凭身风雨载世情。

注：浙江温州泰顺县被誉为我国“廊桥之乡”，境内现保存完好的廊桥有36座，北涧廊桥为其优秀代表。北涧廊桥位于泗溪镇中，始建于清康熙十三年(1674年)，单孔，长达52米。据考证，北宋《清明上河图》中的虹桥，即为这种桥的前身。廊桥上建筑有精美廊屋，廊角如大鹏展翅，搏击长空。

过太姥山一线天

谁举霜刀破姥山，摩天断峭阻尘寰。
摹习壁虎贴岩过，仰望乾穹一紫烟。

登临太姥山

东海濒仙境，奇岩叹鬼神。
磅礴千尺鲤，争跳禹龙门。
绿雪芽茶水，蓝姑圣母心。
入山云障眼，观海阔胸襟。

注：太姥山，位于福建东部，雄峙于东海之滨，素有“海上仙都”之美誉，以石奇、洞异、溪秀及古刹、名茶闻名于世。“九鲤朝天”为山中最负盛名的景观，一排气势磅礴的岩石，活似九条鲤鱼冲天而起，犹跃龙门。

绿雪芽为福建三大名茶（铁观音、大红袍、绿雪芽）之一，为白茶始祖。相传尧帝时，一名叫蓝姑的女子，为治疗麻疹病人，舍命上山采得仙草，挽救了无数生命。蓝姑从此精心培育这株仙草，遍植山中。尧帝为彰显其美德，封其为“太母”，民间尊称其为“太姥娘娘”。治病仙草实为一株茶树，后人因其茶芽碧绿，披满雪白茸毛，故起名“绿雪芽”。

三、白际行组诗①

白际古村行

溪围寨落腰，雾吐岭飘摇。
鸟语繁林寂，炎氛迸瀑消。
逍遥庄子意，汗漫李白邀。
夜伴蓬莱卧，醒来日已高。

白际山行

雨侵白际几声蛙，纵目青山遍绿茶。
壑谷龙鸣流玉液，润滋万物到山家。

① 白际乡，位于皖南休宁县白际山脉中部，这里远离喧嚣，集高山、峡谷、瀑布、古村、古木、古道于一体，为华东地区难得的一片净土秘境。乡里有红豆杉等十几种百余株千年古木，参天蔽日，走进密林，宛若置身远古侏罗纪时期。连接徽州至浙江开化的古石板山道，经历了数百年风雨，直到2005年通简易公路前，一直是乡民通向山外的“生命线”。

樵夫歌

长思世事难人意，今见樵夫苦亦悠。
不敬权豪不媚贵，高山食力复何忧。

山里人家

人穷志短谁胡语，身在山中自解疑。
西户伐薪攀北岭，东家采药下南溪。
一筐杂草足粗饭，两担山珍裕布衣。
相见晚霞归野舍，笑约村酒醉如泥。

山　行

油菜黄时过雨晴，山道幽僻涉溪行。
竹芽三寸才破土，处处闻啼不见莺。

赞严池高山油菜花

梯田菜花层层黄，花下青荚隐隐藏。
不意山高知己少，一任芳讯过山梁。

饮　酒

鲜蕨嫩笋对烛光，野味山风并口香。
粗碗新醅红豆酒，乡民好客饮石房。

赞红豆杉

烟烬南梁未弃生，千寒万暑傲高风。
年年红豆相思意，一岁还胜一岁浓。

注：据当地林业部门考证，白际村保存下来的红豆杉中，最古老的有1500年树龄，为南北朝时期南梁的遗物。南梁早已灰飞烟灭，而红豆杉历经劫难，依然岁岁果实满枝。

思　念

情衷白际再上山，红豆林中叙因缘。
不尽人生思念事，笑谈声中已流年。

夜　雨

露营白际峻山中，春雨携风入夜浓。
明日流泉飞响瀑，高歌一路启征程。

山道怀古

日月催人去，山光此处幽。
千年石板路，曾见几辛愁。

四、赣浙行组诗[①]

祈　雨

一路急行下江南，寻幽访古向山川。
人间火炙龙不雨，直到赣江索水帘。

游龙虎山

江山至此更多娇，虎踞龙盘鬼斧雕。
万壑争流飞瀑响，千峰竞秀入云霄。

注:龙虎山,位于江西省鹰潭市,史载道教创始人张道陵曾在此炼丹,丹成而龙虎现,龙虎山因此得名,为道教祖庭。

① 2013年盛夏,一周的假期正逢南方罕见高温、干旱,迎着似火骄阳,笔者驾车行驶2000千米,在皖、赣、浙、苏四省的大地上用车轮画了个圈,把赣、浙两省的名山大川、宗教古迹、民俗风情速游了一遍。虽然时间容不得人停下脚步仔细品赏,但是游得也十分尽兴。

泛舟龙虎山泸溪二首

其　一

竹排下泸溪，云影起涟漪。
两岸烟峰秀，疑身入太虚。

其　二

穿梭云影去仙家，疑是托身到天涯。
此去蓬莱千万里，扁舟一叶作天槎。

攀登三清山

诸峰竞相展峥颜，几度沧桑耸大观。
献宝猴王迎客至，喻珠巨蟒送宾还。
西崖落日千山醉，东海朝霞万里妍。
道祖三清人界瞰，巨龙正舞舜尧天。

注：三清山，位于江西省上饶市，山有三峰，因三峰峻峭，犹如道教玉清、上清、太清三位天尊道祖列坐其巅而得名。“猴王献宝”“巨蟒出山”为巨岩神似景观，而西海岸栈道边观日落、玉京峰顶上观海上日出更是美不胜收。

三清山扎营

山峰处处峥，涧谷幽幽暝。
日落空林寂，天黑月掌灯。

三清山赏日出二首

其　一

星辰做伴月西平，柱杖穿云脚下轻。
为赏心头一抹艳，乘风直上九天庭。

其　二

戴月上三清，凌巅欲采星。
心随天宇转，悦目火轮升。

宿西海岸峭壁二首

其 一

露宿峭云间，近天三尺三。
群星眨我眼，细语恐惊仙。

其 二

红霞飞落远山重，月淡星繁四处蛩。
动树天风惊宿鸟，头灯点亮未眠蓬。

赞江郎山

遥望三爿盆景石，攀登万仞并云驰。
天劈一缝绝华夏，霞客独尊我赞迟。

注：江郎山位于浙江省衢州市，山形主体为从半山腰耸起的三块净高360余米、呈“川”字状排列的巨石，别名“三爿石”，数十里外可见。其中两峰形成的一线天高312米、长298米、宽3余米，为国内之最。地理学家徐霞客曾三游此山，留下“遍访名山独尊江郎奇幻”的评语。2013年笔者曾行游此地，因山道维修，止步半山腰而留下遗憾。2020年10月，笔者偕六位学友终站在巨石顶端，歌以补记之。

廿八都小镇怀古

廿八小镇扼三省，枫岭屯兵市贾兴。
尚武崇文今古盛，留传戴笠后人评。

注：廿八都镇，地处闽、赣、浙三省交界的深山中，独特的地理位置使其成为唐代以来历代军事重镇、商旅要道、货物集散地，繁荣千年。全镇万余人口有姓氏142个、方言13种，大片明清时期古建筑保存完好，遗有戴笠故居、戴笠开设的女特务训练营等近代建筑。

龙游石窟

百丈石窟小井藏，巨阶谁下隐迷乡。
古人智慧谁开解？马鸟携鱼空奋翔。

注：龙游石窟，位于浙江省龙游县，为世界罕见的古代地下人工建筑群，其中4号洞窟约2000平方米。巨大的石窟群何时开凿，有何用途，每级一米多的台阶起何作用，出口小如池井如何施工，洞壁上雕刻着地面、天空、水中的三种动物马、鸟、鱼，隐含何种用意，至今无人破解。

参观诸葛八卦村

半水半石隐事端，妙开双井水石间。
全村民舍呈八卦，卦画窥知可是仙？

注：诸葛八卦村，位于浙江省兰溪市，为诸葛亮后裔的最大聚居地。村中建筑依太极八卦图分布，八卦图中心位置一半水塘一半陆地，两面各设一口水井，形成极具象征意义的鱼形太极图，两水井正处在太极八卦图中鱼眼的位置。池塘围聚的民居分八条小巷向外延伸，每巷中又横生出数条环形小巷，星罗棋布，外人入村极易迷路。据说千百年来，村民身居八卦图，不识八卦形，在村中任一地方都无法察看到八卦全貌。要看完整的八卦图形，需从空中俯视。

参观常山“金钉子”有感

看似寻常不寻常，地球历史小村藏。
奥陶金钉量地尺，亿岁岩层解秘方。

注：在地质学上，一般根据岩石特征或属性来确定地层，并测定其形成的地质年代。奥陶纪开始于4.95亿年前，结束于4.40亿年前，这一时期形成的地层称为奥陶系。位于浙江省常山县的黄泥塘剖面化石系列，具有典型的奥陶系地层特征，被国际地质科学联合会和国际奥陶系分会确立为全球中奥陶统达瑞威尔层型剖面，简称“金钉子”，这也是在我国确立的首枚“金钉子”。

浮梁古县衙

天子年号镇名之，县官五品司御瓷。
六房衙府公门简，清慎勤察可鉴师。

注：浮梁古县衙，位于江西省景德镇浮梁县，为江南地区唯一保存较为完整的古代县衙，是中国政治、历史、文化的活教材，县官高居五品。景德镇原名新平镇，宋真宗景德年间，皇帝以年号改名景德镇而名闻天下。衙府内庄严简朴，按吏、户、礼、兵、刑、工六房设公署机构，每房面积不足100平方米，分隔为内外两间，足见其高效简政。“清”“慎”“勤”高悬于公堂之上，意为做官“清为本”“慎为要”“勤为先”。

五、皖南行组诗

皖南行

平明别友向山行，百鸟争鸣草木菁。
过水才淋晴瀑雨，踏岩又见晚霞明。
清风扑面撩人醉，明月盈怀纵鹤情。
携带溪石得意返，山川借景趣寒庭。

游山村

白墙黛瓦数十家，袅袅炊烟入暮霞。
远客不思天欲晚，流连村北看黄花。

祭许家朋烈士二首

其　一

青山有幸埋忠烈，今日碑前祭俊雄。
血肉微躯钢铁硬，男儿有种许家朋。

其　二

为捍和平战异乡，身扑枪眼赴国殇。
英雄事迹天人泣，永世丰碑矗昊苍。

注：许家朋（1931—1953年），安徽省绩溪县家朋乡磡头村人，1951年参加人民解放军，1952年赴朝作战。在一次反击美军第七师战斗中，许家朋用身体堵住敌人暗堡的枪眼，为胜利开辟了道路，被上级追授“一级战斗英雄”称号，并追记特等功。家乡人民为纪念许家朋烈士的壮举，将乡名更改为家朋乡，在磡头村山岗上建立了许家朋烈士陵园。

登绩溪县龙须山二首

其　一

直上龙川缚玉龙，蹑云驾雾径悬空。
龙脊劲舞轻烟上，龙爪狂挥细雨中。
山水灵辉滋万物，人文宝地育才雄。
降龙归去一身爽，天道酬勤好运通。

其　二

攀岩走砾上龙山，峰在缥缈万仞间。
回望来时黄绿处，青河黛瓦一桃源。

注：龙须山，位于皖南绩溪县龙川镇，主峰龙峰高耸入云，周围山峰或危岩险立，或风化成秃顶沙砾，攀登时多处需要借助绳索。居高俯瞰，登源河如玉带贯穿古村，金黄的油菜花、青翠的山岗、黑白的徽式民居，勾勒出一幅色彩明艳的人间桃花源图景。

胡宗宪故居怀古

五百年前抗日雄，威扬海内翳今生。
雄狮觉醒重昂首，钓岛回归再祭公。

注：胡宗宪（1512—1565年），安徽绩溪龙川人，官至兵部尚书，明朝抗倭第一功臣。一生多次亲率官兵抗击东南沿海倭寇侵扰，主持编撰了《筹海图编》，首次在海图上将钓鱼岛清楚地标注为中国领土。晚年因莫须有之事（假拟圣旨）被问罪，死于狱中，七年后得以平反昭雪，追谥“襄懋”，意为有功于国家，功德远扬，其平倭功勋被录入国史。

游黑洞瀑布

清泉飞泻乱石中，绽放银花千万重。
欲采一枝怡野客，欢心化作雨吟声。

注：黑洞瀑布，位于皖南宁国市万家乡大龙村，地处天目山西北麓清凉峰国家级自然保护区内。在一条幽险的峡谷中，山泉奔腾而下，共有大大小小瀑布18个。因谷深狭长，两岸植物茂密，人入谷中难见阳光，犹如在黑洞中行进，故名“黑洞瀑布”。

攀吴越古道过千顷关

履践皖南期，金秋再涉棘。
山泉逐客上，日影入林稀。
吴越国无土，雄关隘有墟。
回眸千古道，霜染正黄菊。

六、再行大别山

大别山行

千里寻秋走皖西，怡情健体两相宜。
花香幽径开无主，云淡关山远市机。
古寨遗石空晓月，丰碑先烈耸晨曦。
斑白莫笑心弥远，返璞归真自奋蹄。

云霄峰

一峰独峙大别山，断壁凌松鸟度难。
门纳南天清净界，云霄石上眼量宽。

注：铜锣寨，位于安徽省霍山县西南部，距县城68千米，景区集“奇松、怪石、云海、温泉”于一体，一峰耸起，峭拔秀丽。相传汉武帝巡视此地，梦见一轮明月化作铜锣落于山中，铜锣寨因此而得名。穿过天然石洞南天门，唯有一条险道通往山顶云霄石，兽鸟罕至。此处，松在石上生，石在云中动，一步一景，故有“江北黄山”之美誉。

晚　意

江北黄山晚意浓，松涛云海造化功。
临崖闲卧千山寂，月下铜锣悬半空。

赞连理松

高山岩立两青松，似散还连互敬恭。
壮似男儿立霄汉，柔如佳丽恋英雄。
经风历雨同寒暑，花落花开共谢荣。
造化天公植义树，人非草木理相通。

燕子河大峡谷

九重仙瀑半霄来，梦幻白花脚下开。
一谷看绝天下瀑，归来懒上望泉台。

游马鬃岭

纵马扬鞭跃险岗，岭葱人去葬兴亡。
一山斩断江淮水，云里杜鹃傲风霜。

注:马鬃岭,位于大别山天马国家级自然保护区腹地。相传明末李自成率兵经过此地,见山险谷深,纵马一跃而过,故取名“马纵岭”,现取谐音“马鬃岭”。保护区地处长江和淮河的分水岭,动植物资源十分丰富,尤其是漫山遍野的高山杜鹃,株高叶茂,春到红似火,秋来翠含烟。

红军广场

十万男儿为自由，青山埋骨志未酬。
长征万里今重越，先烈精神万古流。

注:红军广场,位于安徽省金寨县,由革命博物馆、烈士陵园、革命烈士纪念塔、红军广场等组成。新民主主义革命时期,金寨县先后组建了11支红军队伍,十万儿女为国捐躯。

梅山水库

势若蟠龙断史河，主席号令谱天歌。
洪魔伏首遂人愿，红色摇篮泛绿波。

畅游梅山水库

碧波荡漾落红阳，十月梅山花果香。
挥臂击波登鸟岛，将军故里觅秋芳。

注：梅山水库，位于鄂、豫、皖交界的大别山腹地，坐落于有着“红军故乡，将军摇篮”之誉的金寨县。登上高约88米、长约444米的巨坝远望，上游高峡平湖，绿波荡漾，下游城市繁荣，良田万顷，令人心旷神怡。

南岳山

汉帝敕封南岳山，危崖险道入青天。
蛟龙隐匿天池底，润济苍生不计年。

注：南岳山，位于安徽省霍山县城以南2.5千米处，为汉武帝所封。山四面众山拱卫，一峰突起，峰顶有泉方丈许，甘洌清透，俗称“南岳天池”，无论旱涝，终年不溢不涸。传说亘古时池中潜卧一龙，兴云作雨，为百姓解除旱魃。

七、青藏高原自驾游组诗[①]

西北游

鹏程万里月重钩，露宿风餐廿五州。
水媚山巍催客醉，吟诗一路洒风流。

注：月重钩，指弯月至圆月再轮回至弯月，时间过了一个月。廿五州，指途经25个地市。

云游天边

追星赶月上高原，故地约期又五年。
大美山河酬惫倦，娱心养性彩云边。

登临神农顶

风光一览阔，快意放诗怀。
绿浪千峰涌，晴空万里开。
野人今眷恋，炎帝史遗台。
锦绣一方土，鄂西隐蓬莱。

① 2010年7、8月，笔者和妻子两人驱车8700余千米，跨越江苏、安徽、湖北、陕西、甘肃、青海、四川、重庆八省市。本篇用诗歌概略记录了旅行见闻。

游神农架

神农采药盛名扬，物种丰珍誉四方。
禽兽欢歌惊桂月，野人脚印隐迷藏。
身临峰顶览五岳，脚踏天门阅两江。
北岭骄阳南骤雨，融为诗意谱华章。

注：神农架，位于湖北省西部，周边群山环绕，蕴藏着极为丰富的动植物资源，是世界物种基因库、世界生物圈保护区、世界地质公园。最高峰神农顶海拔约3106米，为华中第一峰。神农架雨水充沛，是湖北长江和汉水的分水岭，也是国家南水北调中线工程重要的水源涵养地。天门，指神农架的天门垭。

游神农架野人谷

何必辩传说，林莽生物国。
嗟乎人祖地，宇内已无多。

注：传说神农架有野人存在，其博物馆中也公开展示了野人的脚印和毛发，以及目击野人者的详细叙述。当然，许多人包括笔者在内并不相信这种传说。不管怎么说，人类是从森林里走出来的，如神农架这般动植物丰富的地方，全球已经所剩不多，须大力保护。

上武当山感怀

道法渊源誉满堂，踏云涉险上武当。
万山朝拜拥金殿，金殿香烟入玉皇。
九曲黄河融道观，五音古乐奏仙章。
天人相应觉心道，始解柔拳可克刚。

注：武当山，位于湖北省十堰市东南，独特的造山运动和漫长的自然剥蚀，形成了当今武当山主峰高耸入云，四周72峰簇拥的天然奇观。

武当文化涵盖了国内规模最大的道教古建筑群、武当武术、武当音乐及武当自然山水与人文合一等传统文化要素，其中以道教建筑群与峰峦崖洞、溪流古木巧妙结合最负名望。如太子坡有山门、廊庑等29间，建在60度陡坡上，夹道院墙波澜起伏（俗称"九曲黄河墙"），与五云楼、皇经堂、太子殿等建筑构成左右参差、高低错落、山水和谐的整体布局，充分体现了道教"清静无为"的思想内涵。金殿位于武当山主峰之巅，终年云雾缭绕，善男信女争相焚香祈福。

武当武术名扬四海，是中国武术的重要流派。武当拳外柔内刚，一招一式如行云流水，为道教理念的又一诠释形式。

祭乾陵

咸阳城外尽坟茔，气势磅礴数乾陵。
敢做勇当篡帝位，文韬武略富民生。
百吨碑阙无一字，半世专权后代评。
禅让人杰启尧舜，媚娘仙去制约崩。

注：乾陵，位于陕西省咸阳市，为唐高宗李治与武则天的合葬墓，是唐十八陵中保存最完好、唯一一座没有被盗的陵墓。建陵时正值盛唐，国力充盈，陵园规模宏大，建筑雄伟富丽。

无字碑高7.53米，重达98.8吨，碑额未题碑名，当时也未刻碑文。宋金以后始有人题字于碑，使无字碑成为有字碑。再历元、明、清各代，碑上逐渐镌刻了许多文字，不仅在内容上形成了评价武则天功过的“碑文”，而且在书法上真、草、隶、篆、行五体皆备，或许这正符合武则天当初立碑由后人评价功过的本意。

黄土高原印象二首

其　一

千道山坡万道梁，羊倌梁上吼秦腔。
激昂曲调催羊壮，致富修房娶美娘。

其 二

黄河万里向东流，雕塑山梁道道沟。
八百秦川书史册，大唐盛世再图谋。

登太白山巅拔仙台

太白矗立秦岭巅，阻断风云南北天。
今步仙人修道路，身邻玉宇自称仙。

注：太白山，位于陕西省宝鸡市境内，是秦岭山脉的主峰，也是青藏高原以东的第一高峰。主峰拔仙台海拔约3771米，因传说八仙在此修行升仙而得名。秦岭山脉是我国南北方的天然分界线，也是长江、黄河两大水系的分水岭。独特的地理位置、巨大的垂直落差、瞬息万变的气象条件，使得太白山生物繁茂，具有低山、中山、高山等地貌类型。特别是第四纪冰川活动所雕琢的地貌形态保留完整，构成了世界级生态旅游景观体系。

麦积山

麦积净地一峰凸，栈道摩云贯石窟。
万座神灵缘会我，无悲无喜化凡夫。

注：麦积山，位于甘肃省天水市东南。麦积山石窟始凿于东晋十六国的后秦时期，经历代不断开凿重修，形成今日闻名世界的大型石窟群。整个石窟凿塑于拔地而起、状如麦垛的山崖峭壁上。

船游夜兰州

滚滚黄河向海流，开山辟地润兰州。
霓灯夹岸天河落，任我悠悠放扁舟。

东关清真大寺

万民礼拜聚一厅，面跪安拉目静凝。
日省五身灵魄净，半城吟诵《古兰经》。

注：东关清真大寺，位于西宁市东关大街，为青海省规模最大、历史悠久的清真寺。大寺所辖教徒众多，可容纳数万人同时进行礼拜，聚礼人数为国内第一。伊斯兰教注重“五功”修行，即念清真言、礼拜、斋戒、天课、朝觐，一日五次礼拜是五功之一。

穆罕默德名言：“愚昧是最卑贱的贫穷，智慧是最宝贵的财富，骄傲是最令人难受的孤独。”“求知应从摇篮到坟墓。”

塔尔寺

建寺缘塔塔尔寺，漫山殿宇誉八方。
酥油塑像流丽彩，矿料描佛泛瑞光。
舞蹈驱魔千事顺，瞻佛祈盼万民昌。
经轮常转弘佛法，一代宗师百世芳。

注：塔尔寺，位于青海省湟中县，是我国藏传佛教格鲁派六大寺院之一。寺院依山而建，规模宏大，为格鲁派创始人宗喀巴大师的诞生地。其母思念远赴西藏求佛研经的儿子，在宗喀巴降生的地方建起一座宝塔。宗喀巴大师圆寂后，为纪念大师对藏传佛教的贡献，后人在宝塔周边筑殿建寺，因先建塔后建寺，故名"塔尔寺"。酥油花、堆绣、壁画是塔尔寺艺僧世代相传的艺术佳作，被称为塔尔寺的艺术"三绝"。塔尔寺是中国西北地区藏传佛教的活动中心，每年举行的四次佛事活动"四大法会"更是热闹非凡，主要包括跳神、晒大佛和大型酥油花展。

牧马人家

道道经幡映晚霞，安家马背走天涯。
炊烟融入东风里，半是人间半仙家。

扎营祁连山冰沟

雪峰寒水送清凉，正是金陵暑气扬。
辽阔山河南北异，祁连一夜卧高阳。

赞金银滩原子城

一曲民歌颂草原，金银滩上奶茶鲜。
风云骤起核讹诈，游子归根大义担。
黑夜东方雷电爆，炸开铁幕艳阳天。
草原再奏中兴曲，游客如云马快鞭。

注：金银滩原子城，位于青海省海晏县。20世纪50年代，大批海内外科学家及其他工程技术人员抛弃个人名利，在世界名曲《在那遥远的地方》诞生地青海湖东北边的金银滩草原上白手起家，建起了我国核武器研制基地。原子弹、氢弹相继爆炸成功，打破了帝国主义的核垄断和核讹诈，改变了世界的政治格局。而今，金银滩草原水草丰美，牛羊撒欢，已成为著名的旅游胜地。

过祁连山感怀

祁连东西八百里，襟袂西域与中原。
遥望丝绸千古道，车轮滚滚再流传。

赏门源油菜花

江南四月菜花鲜，约会门源盛夏天。
知己未来无意艳，金装此日为君妆。

注：门源，指门源回族自治县，位于青海省海北藏族自治州，地处青藏高原东北部。由于位置偏北、地高天寒，这里的油菜花比江南迟开三个月，在蓝天白云的衬映下，一眼望不到边的金色油菜花格外明艳养眼，摄人心魄。

青海湖夕照

半是青蓝半碧瑰，两轮红日水天追。
击波踏浪群鸥舞，放意牛羊牧晚晖。

茶卡盐湖

盐山盐海盐雕像，脚下阶台亦卤盐。
沧海摇身为沃水，自然伟力造奇观。

注：茶卡盐湖，位于青海省海西蒙古族藏族自治州乌兰县茶卡镇，是柴达木盆地有名的盐湖之一。茶卡盐湖的前身是海洋，经过长期的地壳运动，青藏高原抬起，海水滞留在低洼地带而形成盐湖。茶卡盐湖早期是一个外流湖、淡水湖，10多万年前，由于构造隆起，才慢慢演化成内陆湖、咸水湖。走近茶卡盐湖，犹如进入了冰雪神话世界，蓝天白云下湖面银波粼粼，晶盐堆积如山，以盐作为材料雕塑的巨像栩栩如生，用盐铺设的洁白道路让人不忍践踏。

颂坎布拉

青藏黄土两高原，碰撞衍生梦幻山。
碧水丹山峰百态，喇嘛端丽守云庵。

注：坎布拉，位于青海省黄南藏族自治州尖扎县，是集丹霞地貌、原始森林、宗教文化、高山水库及藏族风情于一体的国家森林公园。公园地处青藏高原和黄土高原交会区域，亿万年的地质演化使得岩体表面丹红如霞，山形奇幻，或如柱如塔，或似壁似堡，或像人若兽，形态各异。群山环抱中的李家峡水库水碧如玉，置身于公园中，山丹水绿，峰奇云绕。

位于悬崖上的藏传佛教宁玛派寺院南宗寺，是坎布拉的另一绝景。

观阿木去乎赛马会

广阔草原起藏歌，酥茶青酒尽情喝。
少年纵马疾风过，一匹黑驹锦挂额。

拉卜楞寺

佛学圣殿仰瞻游，礼法平安共具修。
属寺百余扎僻壤，白云深处解民忧。

注：拉卜楞寺，位于甘肃省夏河县，是藏传佛教格鲁派六大寺院之一，享有“世界藏学府”的美誉，鼎盛时期僧侣达4000多人。学僧在此学习佛理，修持功业，接受历史、哲学等专业教育。拉卜楞寺除本寺建筑庞大、宏伟，佛事活动影响深远外，还有100多座下属寺庙分布在甘肃、青海、四川等山区和高原。

扎营尕海湖畔二首

其　一

白云下面鸟翩翩，今夜安家大草原。
煮牛烹羊眠尕海，摘星策马梦挥鞭。

其 二

谁施碧玉嵌高原，鸟携云霞尽兴欢。
不请自来心倦客，举杯邀月醉天边。

注：尕海湖，位于甘肃省碌曲县，海拔约3400米，为国家级自然保护区。区域内动植物资源丰富，水草茂盛，是众多珍稀候鸟的落脚地和繁殖地，周边的尕海草原为亚洲最优良的草场之一。8月的草原上，柔风中夹裹着湖畔的花香扑面而来，成群的水鸟时而在空中盘旋，时而掠过水面，时而觅食草甸，一起一落间，优雅的身姿无不令人陶醉。

郎木寺

经幡飘舞经轮转，寺镇村名一脉传。
宝殿活佛金体在，僧俗争拜乞吉祥。

注：郎木寺作为寺名，是四川格鲁派寺庙达仓郎木格尔底寺的简称，位于四川省若尔盖县，同时它还是甘肃省碌曲县郎木寺镇的镇名和四川省若尔盖县红星乡郎木寺村的村名。寺院依山而建，飘舞的经幡和硕大的经轮传递出浓厚的宗教气息。寺里的肉身舍利塔中供奉着五世格尔登活佛法体，据说这是全藏区历史最长、保存最完好的肉身法体，尽管时光已过去200多年，但面容仍然如昔。

草原夜歌

胡乐随风响半宵，空明玉镜挂毡包。
草原夜色浓如酒，醉引诗情上紫霄。

赏九曲黄河第一湾

黄河万里起宏图，水到川西景色独。
九曲十八弯银练，美如仙女袖轻舒。

注：九曲黄河第一湾，位于四川、青海、甘肃三省交界处的若尔盖县唐克乡，黄河流经此处神奇般地形成多个S形大弯，是黄河最美自然景观之一。登上瞭望台，黄河之水犹如仙女的飘带自天边缓缓飘来，在四川边上轻轻抚了一下，又转身飘回青海。

过红原大草原二首

其　一

车过红原大草原，青波浩渺马儿闲。
藏家汉子多豪气，高唱牧歌下夕烟。

注：红原大草原，位于青藏高原东端、四川省阿坝州中部，当年红军长征时曾走过这片草地。如今这里牛羊漫野，繁花似锦，绿草如茵。

其　二

车当骏马纵红原，意气扬歌敕勒川。
放眼天边云彩下，牛羊点缀牧民毡。

注：敕勒川，语出南北朝时流传的民歌《敕勒歌》，“敕勒川，阴山下。天似穹庐，笼盖四野。天苍苍，野茫茫，风吹草低见牛羊。”

丹巴碉楼

巍然挺立八百年，护寨安家攘祸灾。
功就碉楼雄势在，还留名望引宾来。

注：丹巴县，位于四川省西部，以梭坡乡、中路乡古碉楼群最具特点，楼高10~30米，用以御敌和储存粮草。碉楼的外形有四角、六角、八角等，由石片和黄泥土建筑而成，修建时不绘图、不吊线，全凭高超的技艺与经验。建筑稳固牢靠，历经数百年风雨沧桑依然屹立。有的已偏倚却不倒，有的弯曲为弓，自成一道美丽的风景。如今碉楼虽失去了原有功能，但耸立在山岗白云下伟岸的身躯，远远望去依然震撼人心，吸引游客慕名而来。

访甲居藏寨

卡帕玛峰耸碧云，云丝轻笼甲居村。
朱红藏寨浓荫抱，几处炊烟画仙晨。

注：甲居藏寨，位于四川省甘孜州丹巴县。“甲居”在藏语中是百户人家的意思。藏寨从大金河谷层层向上，一直伸延到卡帕玛群峰脚下，在高度相差近千米的山坡上，一幢幢红白相间的藏式楼房散落在绿树丛中，与幽僻的山谷、清澈的溪流、高耸入云的山峰一起，构成了高山田园画卷。几缕炊烟袅袅升起，使画卷更加鲜活。2005年由《中国国家地理》杂志组织的“选美中国”活动中，以甲居藏寨为代表的丹巴藏寨被评为“中国最美六大乡村古镇”之首。

参观汶川映秀中学地震遗址

山崩海啸乃地球，无雨无风必荒丘。
何忍学堂楼覆陷，资源滥索几时休。

访汶川

地裂山崩母子呻，灾情撼动世人心。
牵情七载汶川探，始信国人可改坤。

再游九寨沟二首

其 一

白水江源滋九寨，传说仙境果情实。
层层素瀑流奇画，片片瑶池赋丽诗。
原始森林歌爽簌，藏家儿女舞芳姿。
尘心至此幡然问，渊水争名可见识？

其 二

除开九寨难为水，百态千姿色至纯。
大小玉盘悦鸟性，四时流瀑赏客心。
珍珠滩上珍珠跳，盆景池中盆景吟。
仙女下凡留趣话，银河璀璨窘虚音。

注：九寨沟，位于四川省阿坝藏族羌族自治州九寨沟县漳扎镇。复杂的地质构造，造就了九寨沟多种多样的地貌，形成艳丽典雅的群湖、奔泻湍急的溪流、飞珠溅玉的瀑群、古穆幽深的林莽和连绵起伏的山峰。

水，是九寨沟的精灵，散布在三条沟里的众多湖泊（又称“海子”）中，如天上撒下的玉盘，终年碧蓝澄澈，明丽见底，随着季节和光照的变化，呈现出不同的色调与水韵。从密林中狂泻而下的瀑布，或凌空飞落，雄浑壮丽；或几经跌宕，形成叠瀑，如群龙入水，声若滚雷；或一线排开，形成百米水帘，似巨幅银镜，无不使人赏心悦目。

珍珠滩、盆景滩为九寨沟众多景点中的两个，二者把水的柔美与自然和谐演绎得精美绝伦。更有仙女下凡的传说，使九寨沟的美蒙上了一层神秘面纱。

雨中游武隆天坑

三龙约会在隆城，迎驾雷神奏鼓筝。
欲探蛟龙千尺下，坑中隐洞洞屏踪。

注：武隆天坑，位于重庆市武隆县城，是世界罕见的地质奇观，以天龙桥、青龙桥、黑龙桥三座规模庞大、气势磅礴的石拱桥称奇于世。三桥平均高200多米，桥面宽约100米。乘电梯直下200多米深的坑底，只见坑中藏洞，洞中隐洞，烟雾缭绕，瀑布击石。时逢电闪雷鸣，大雨倾盆，景象甚为壮观。

花缘四首①

其一　归乡

高山洌水育芳华，兰草石斛倒挂霞。
一见钟情三君子，同归作友伴清茶。

注：倒挂霞，指倒挂金钟花。

其二　满月

新芽流翠满花枝，欲笑还羞玉女姿。
水土光肥循尔性，金钟赠我意千丝。

① 游完武隆天坑，笔者有缘购得兰草、石斛、倒挂金钟三株裸根野花。为保其成活，遂放弃后面游览计划，日夜兼程两天返乡。四首小诗浓缩了与花为友的一段快乐经历。

其三　养性

毛虫食叶剪枝工，窃喜来年蓄势荣。
数日疏察娇冠萎，三旬细辨硕虫凶。
尊识山里张牙虎，鄙视家中没齿虫。
虫虎贪婪皆禀化，修身养性草花丛。

其四　经冬

移民千里下高原，水土失调境遇迁。
北地冰封棉被暖，南方数九腊风寒。
高山洁静春方醒，闹市烟霾窘处眠。
未必人挪活树死，殷勤照料报安澜。

四川印象

川北川南尽大山，通衢蜀道上青天。
川珍川味穿肠辣，悦耳川腔若酒锦。

八、再行四川

塔公草原颂

牛羊星布夕阳下，碧草如茵奶酪香。
汉子牧归驰骏马，霞云下面是家乡。

注：塔公草原，位于四川省甘孜藏族自治州康定市，海拔3730米，川藏公路穿境而过，是川西著名的草原。“塔公”意为菩萨喜欢的地方，草原因塔公寺而得名。

船过西陵峡

绝壁大江生，轮舟破浪行。
唐猿何处啸？擂鼓益德空。

注：益德，即张飞。张飞任宜都（今宜昌）太守时，曾经在西陵峡口训练水师，该处现遗存有张飞擂鼓台。

夜宿鄂西杨林山村

千里跋涉夜杨林，蛙声一片伴溪吟。
七星斜挂银河近，回想童年指商参。

注：商参，中国古代所称二十八星宿中的商星（天蝎座α星）和参星（猎户座α星），这里代指夜空中的星辰。

青城山访幽

九州幽处数青城，山水空灵草木深。
可有神灵垂顾此，白云深处尽仙声。

峨眉山普贤寺

慕名拜访普贤寺，缭绕香烟飘梵音。
普度人生禅理奥，西方引纳九州欣。
勤诚处事因缘浅，友信为人天地深。
未必焚香才弟子，仁德即是解佛人。

九、皖南徽杭古道行

登清凉峰四首

其　一

五岳风光四海闻，清凉峰秀亦销魂。
时人脚力惜难胜，山外青山待陟人。

其　二

层峦叠嶂抱清凉，雾散云开峻四方。
大美黄山天下晓，清纯小妹待闺房。

其　三

寻幽觅句上清凉，野径无人满目芳。
遥望主峰云霭近，穿溪过岭又隔梁。

其　四

危立峰头意气浑，江山万里壮诗魂。
风拂云霭书长卷，随兴轻吟醉我心。

注：清凉峰，位于安徽省绩溪县、歙县与浙江省临安市交界处，是天目山的主峰。山峰峻幽清朴，有“黄山姊妹峰”之誉，因地偏道险，人迹罕至。主峰海拔1787.4米，为华东地区高度仅次于黄山各主峰的另一高峰。

林中小憩

浓荫峻岭林昏暗，野径黄花分外欣。
山雨欲来惊谷鸟，倚松醉赏碧泉吟。

山行二首

其 一

云来山没路，云去见人家。
欲探风光险，相隔数道崖。

其 二

山中踏野趣，林下径侵苔。
小草犹微笑，清溪自咏怀。
俗心抛世外，梦境入眸开。
日暮归林鸟，时鸣好再来。

净 心

云霞此处氤，小坐沐清馨。
三两疏林鸟，援琴净我心。

十、徒步吴越古道

穿越吴越古道

山耸白云远望迷，林中石径伴溪迂。
千年古道辛蹄断，拄杖声来两脚驴。

注：吴越古道，位于安徽省宁国市与浙江省临安市交界处，现遗存约35千米路段，为五代十国时期吴越与南唐的主要通道，至今，成为户外徒步爱好者的天堂，有古石板盘山道、千顷关、石墙、天池及知青茅屋等景点。

两脚驴，指户外徒步爱好者，经常一起结伴出游的人常被谑称为“驴友”。

过千顷关

唐越毗邻岭为乡，泉随古道入云凉。
山花红果明关隘，烈似当年战火光。

徒步古道有思

石板穿山越险沟，攀登汗水洒心头。
生活道路曲何阻，万古一同乐解愁。

登吴越古道览山巅天池

清溪欢唱伴驴流，云影翩湖戏鹭鸥。
体味前人生计路，浸衣汗水喜还忧？

登浙西天池

岭上白云隐鉴台，青山日月久徘徊。
清游远客登临照，欲乘天风上九垓。

浙西天池缘见海市蜃楼

晨烟淡染野山沟，疑在蓬莱幻境游。
宇韵车流浮碧水，霎时红日抹清秋。

山中吟

深山光景秀，物我两相宜。
古道崖间挂，人家云上居。
流泉清见蟹，深树暗藏鸡。
才赏晨霞血，不觉日已夕。

十一、桂黔湘行

船游桂林象鼻山

山似一尊象，象独恋桂林。
千帆江上过，不见打鱼人。

漓江晨歌

月色朦胧夏水徊，忽闻鸡唱夜帘开。
清歌雾里悠扬近，一叶扁舟梦境来。

刘三姐

大榕树下思三姐，一曲清歌伴少年。
滟滟漓江依旧在，山歌谁对怅竹船。

船游漓江三首

其　一

久闻山水甲天下，今日放舟漓水滨。
满目空灵疑梦幻，桨移景转画迭帧。

其　二

次第奇峰入眼帘，一帆笑语响云端。
漓江山水天然画，画板难调水醉蓝。

其　三

天持玉带系群山，竞秀千峰水上翩。
帆影鸥歌天际远，诗情荡漾向桃源。

阳朔大榕树

独木成林一绿葩，江头傲立众人夸。
莺喉三姐牵牛去，听醉唐榕岁岁花。

拜访毛泽东故居

潇湘访胜到韶关，方客云集缅伟贤。
热血少年心远大，研习文武意江山。
天翻地覆功今古，两袖清风誉赤寰。
昌世思怀基业苦，红旗高举慰黄泉。

游湘西黄龙洞

为探卧龙宫，湘西盛夏行。
扁舟钟乳绕，远客地穴惊。
巨瀑凝脂玉，神针运太清。
腹诗谁共赏，洞外雨泠泠。

走进西江苗寨

进寨苗歌唱翠台，长桌盛宴酒坛开。
高山流水识豪气，衣饰民风远古来。

注:高山流水,是苗家人待客的一种礼节。

夜游凤凰古城

夏月圆成梦，凤凰恋此城。
兰舟游子意，古巷酒旗风。
银饰苗家俏，楼阁吊脚空。
上河图景现，灯火万商明。

登天门山有感

久怀仙境梦，今上武陵源。
未见邪传怖，唯闻凡客闲。
寻幽渊洞邃，探险栈云悬。
越过天门后，摩天欲访仙。

十二、游三门峡

颂黄河中流砥柱石

浩浩黄河水，神州咏志诗。
中流一砥柱，纵笔赋嘉辞。

注：中流砥柱石，位于三门峡大坝下游，冬季枯水期露出水面约7米，洪水季节仅露出一个尖顶，好像将被吞没，万分惊险。中流砥柱石是中华民族不屈不挠、英勇顽强的精神象征。

2019年5月12日，中国冬泳协会和三门峡市人民政府共同主办了横渡母亲河大型活动。全国80多支代表队参赛，笔者与南京百名冬泳爱好者参加了这次活动，成功横渡黄河。

横渡黄河三门峡段

大禹开门人鬼神，古来逐鹿葬英魂。
关河安阻凌潮志，斩浪群雄跃龙门。

注：传说大禹治水，劈山开龙门，使黄河在此形成“人门、鬼门、神门”三道峡谷，三门峡由此得名。

登临三门峡大坝

亘古黄河虐豫州，十年九溃谷无收。
今临一望三千里，尽是人间沃润畴。

函谷关怀古四首

其　一

一部《道德经》，千家至理承。
登关怀尹喜，抗令惠苍生。

注：《史记》记载，"老子居周久之，见周之衰，乃遂去。至关，关令尹喜曰：'子将隐矣，强为我著书。'于是老子乃著书上下篇，言道德之意五千余言而去，莫知始终。"若没有当初尹喜违令，以放行出关为由索要老子著书，恐无《道德经》流传后世，故言"抗令惠苍生"。

其　二

闻说一士凭天险，无奈三军寸步艰。
尽日哀风秦汉马，至今长啸守雄关。

其　三

览古独行函谷关，犹闻马啸勇兵翻。
腥风彻骨杀声怖，战事临摹也胆寒。

其　四

当年鏖战场，将士血流河。
关险铭英骨，城颓慑霸国。
狼烟明遁影，野兽暗伏蛰。
遥望秦川邈，胸中泛兴波。

十三、甘肃新疆行

嘉峪关左公杨

边关内外尽春风，凝望千山气势雄。
昔日戍军魂断处，左公杨柳傲晴空。

注：左宗棠，晚清四大名臣之一，湘军将领。亲率8万湘军西征，收复新疆途中，在嘉峪关种植杨柳，目前其中一棵仍生机盎然，名曰“左公杨”。

登嘉峪关

雄关屹立戈壁秋，览眺荒茫百感稠。
三两寒鸦鸣大漠，一笛羌曲奏边愁。
丝绸古道今犹兴，商队驼铃早已休。
追忆当年征戍事，胡尘汉月笼堞楼。

游月牙泉

大漠茫茫一水洲，任凭晴雨守潮头。
嫦娥何故钟情此，唯见黄沙万古流。

游莫高窟感文物流失

万里追风到敦煌，一轮落日下怆凉。
张骞出使通西域，李广迁军固大唐。
梵土佛音失杳远，中华文化采博长。
晚清朽败国难恨，四万明珠泪望乡。

注：11世纪初，敦煌莫高窟第17窟藏经洞隐藏了5万多件佛经、佛画、法器以及其他宗教、社会文书等，内容包罗万象，涉及4世纪到11世纪中国古代的政治、经济、军事、文学、史地、医药、科技等领域。令人惋惜的是，1900年（清光绪二十六年）秘洞被一道士发现，随后英国人斯坦因、法国人伯希和、日本人橘瑞超和吉川小一郎、俄国人鄂登堡等，用连骗带诈等手段掠走了4万多件珍贵文物，有些至今仍收藏于国外博物馆中。

赞中欧班列

随云万里走河西，戈壁秋风啸电笛。
古道悠悠丝誉远，长车今日再扬蹄。

游天山天池有怀

瑶池相会史留篇，访览传奇岂畏艰。
王母期约凝宝殿，金簪感化帐香衾。
云杉环抱开天镜，玉岭相邻绽雪莲。
景阔情真同试问，穆王何事爽承言。

注：据《穆天子传》记载，公元前989年，周穆王应邀西游至天山瑶池，西王母盛情款待，辞别时周穆王承诺三年后再来相会。然而，穆王却一去不复返，空留一段凄美佳话。唐代李商隐有感于此，提笔写下千古绝唱："瑶池阿母绮窗开，黄竹歌声动地哀。八骏日行三万里，穆王何事不重来。"

泅渡额尔齐斯河布尔津县段

八月搏流刺骨凉，芳洲两岸果飘香。
借得此水西流去，一路扬情北冰洋。

注：额尔齐斯河发源于新疆维吾尔自治区阿尔泰山南坡，是我国唯一一条自东向西流的大河，途经哈萨克斯坦、俄罗斯，最后注入北冰洋。

盛夏禾木村行

白桦林藏世外庄，溪河咏唱牧民房。
门前烂漫花成海，窗下壶觞对雪冈。

注：禾木村，位于喀纳斯湖畔，是仅存的三个图瓦人村落之一，景色绝佳；是世界公认的摄影家天堂，四季风光俱佳。

怀古吟今篇

读《道德经》有感

精妙五千言，安神智慧丹。
科学穷奥理，大道法自然。
宇宙无穷境，人生似叶悬。
开篇常受益，视野每扬帆。

拜轩辕黄帝陵二首

其　一

人文始祖陵安在，沮水潺湲古柏森。
汉武仙台留胜迹，桥山龙驭蕴长存。
奠基华夏泽千代，开辟文明炳万春。
港澳回归碑肃立，江山待统慰国魂。

其　二

炎黄始祖启文明，华夏人文一脉承。
几度兴衰终复盛，焚香告慰祭轩陵。

夜读《史记·项羽本纪》有感

太史霸王篇阅罢，惊鸿留影久兴嗟。
拔山犹是村夫勇，破釜才呈旷代杰。
百胜当时谁对手，一输千古尔风节。
空余纪事鸿门宴，后世茶间论不绝。

评韩信

生涯跌宕建奇功，一介平民旷世雄。
破魏擒王归汉土，击齐潍水助神兵。
重军在手忠良笃，罢免虚权叛逆空。
未老终身疑有故，史公埋笔待公评。

读《西游记》有感

一路西行取梵经，除妖破障显雄风。
孙猴骁勇原石变，八戒憨直非畜生。
人辈无缺犹呓语，天神有错改顽踪。
八十一难修极果，获取真经在苦行。

注：极果，佛教语，谓无上的正觉、妙果。

登临采石矶凭吊李白

仰观绝壁矗江滨，凭吊青莲恰立春。
每忆长安人性耿，还思梁宋史实珍。
才高八斗时人妒，诗醉千年后辈钦。
万古一仙飘逝处，霏霏暮雨笼山林。

注：李白（701—762年），字太白，号青莲居士，唐代伟大的浪漫主义诗人，被后人誉为“诗仙”。李白一生坎坷，大部分在隐居或漂泊中度过。742年，李白受玄宗赏识，入朝供奉翰林，因性格豪放，留下诸多故事，后于744年出走长安。744年夏，李白与杜甫在洛阳相遇，两人遂成莫逆。同年秋，两人如约到了梁宋（今开封、商丘一带），评文论诗，畅游甚欢，成为诗坛珍贵的美谈。

山中遇雨听泉

山溪历雨跳石梁，悦耳音符绕野芳。
宛若空灵广陵散，山当乐器水嵇康。

春之歌

晴云暖日柳梢摇，几处风筝试比高。
绿瘦红肥争吐艳，风骚尤数美人蕉。

教师节感怀

又到一年九月十，手机短信尽吉词。
情怀尚可驰天下，体力还能运四肢。
礼孔传经承大业，为师育树果盈枝。
时光不老人安老，乐教学生惜盛时。

情人节逢雨随想

已是黄昏雨沸扬，红蓝伞下泛玫香。
洋节东入成时尚，花样年华未解霜。

观垂钓

叟钓小池塘，芙蓉萦袖香。
游鱼撩逗饵，水鸟育雏忙。

惊闻祁连山环境遭破坏有感

发展四十年，国强民富安。
常闻污染气，忍看雾霾天。
工厂拔地起，森林大片残。
摈除污后治，速返子孙田。

拜谒包公墓

敬仰包公身峭正，青天光照慑奸魔。
庐州有幸埋忠骨，铁面千秋未有磨。

注：峭正，即严正，出自《新唐书·虞世南传》，“炀帝虽爱其才，然疾峭正，弗甚用，为七品十年不徙。”

雨中漫步

湖前细雨漫织纱，云手挥毫胜画家。
惯看红尘清楚事，朦胧景色也昭华。

重阳日登山

重阳晴日好登山，遍野黄菊染岭繁。
忽忆王维登高句，撷花向北问平安。

过重阳节

赏菊品蟹度重阳，浊酒一壶释寸肠。
历雨方知夕景秀，飞霞绚丽胜春光。

杜甫草堂怀古

浣花溪畔久徘徊，兰草竹梅幽满怀。
虑民忧国诗贯耳，恍然诗圣草堂来。

参加南京固城湖冬泳活动

前波卷起千堆雪，后浪掀来刺骨风。
笑看群雄何所惧，空拳鱼跃赴龙宫。

金陵竹海湖冬泳

霜�深处隐天池，频见蛟龙斩浪姿。
休道金陵当四九，天寒正是纵情时。

赞竹海湖冬泳爱好者

健体休闲何处去？钟山西麓隐桃园。
春来烟翠流莺唱，夏至风清挽客闲。
把酒赏秋邀瑞月，怡情踏雪醉琼山。
销魂最是搏风浪，不是神仙胜似仙。

赞环卫工

汗水洒晨风，无争半寸功。
职微责任重，劳动最光荣。

观赛龙舟随想

龙舟竞渡桨齐挥，战鼓连天似滚雷。
犹见汨罗千重浪，又逢端午祭屈归。

早　春

柳展新风叶，春归旧燕梁。
炊烟庄户早，垄上赶春忙。

预报晴天登山遇雨

骤雨挟雷震岭岗，游人无备落鸡汤。
云龙施雨循习性，探索天机路漫长。

凭吊武侯祠

三顾茅庐辅汉刘，乾坤力挽解危忧。
江山未统身先死，我吊英灵万古流。

贺三沙设市

欣闻设立三沙市，振笔敲诗对酒欢。
玉浪南疆收法网，石塘万里起安澜。
曾忧盗寇侵沙岛，更愤周邻霸海田。
守土安边天大事，人人有义撼苍天。

注：南沙群岛，古称“万里石塘”，语出元代汪大渊的《岛夷志略》。

打工者之歌二首

其 一

难舍乡情离老幼，简装阔步闯东西。
勤劳双手生奇迹，致富团圆必有期。

其 二

四海漂泊舍小家，风霜洗礼满身沙。
怀揣老少脱贫梦，大手挥毫绘锦花。

秋 思

人道西风恶，天寒惹心悲。
蚕蛾织茧缚，候鸟异乡飞。
落叶庭花瘦，添绒家犬颓。
阳归终有日，万物复生辉。

读史有感

世事风云总万端，山高路险亦天然。
等闲逆境刘宾客，悲愤惜亡柳宗元。

注：刘禹锡因晚年任太子宾客，故世称“刘宾客”。刘禹锡与柳宗元同朝为官，因志向、趣味相同结为好友，但二人命运却因性格不同而相差很大。在受到打压时，逆境中的刘禹锡等闲视之，越被打压越坚强。相反，柳宗元受排挤时却不能释怀，47岁便遗憾地离开人世，被后人称为“失意诗人”。

虎丘怀古

吴中名胜向何寻，城北孤丘柏木森。
双井石桥凝剑气，孤峰宋塔映黄昏。
阖闾称霸伏祥虎，勾践卧薪灭吴军。
风流人物今所在，长空万里是英魂。

注：据《史记》记载，春秋五霸之一的吴王阖闾埋葬于此。传说其死后下葬在虎丘剑池之下，葬后三日有“白虎蹲其上”，故名“虎丘”。虎丘被称为“吴中第一名胜”，文豪苏东坡曾说过“到苏州不游虎丘，乃憾事也”。位于虎丘顶的北宋云岩寺塔，又称“虎丘塔”，为世界第二斜塔，是苏州古城的象征。

谒岳飞墓

怒发冲冠山河碎，丧胆胡奴岳家军。
壮志未酬莫须有，西湖水碧照丹心。

参观兵马俑

秦皇兵马来，举世顿惊哀。
剑指六国灭，中华一统开。

青奥会志愿者

师生携手做勤工，水绿天蓝待远朋。
四海欢腾传圣火，五环彩卉绽金陵。
还思洋炮腥风恨，且喜国旗盛会升。
甘当文明东道主，礼仪天下显国风。

注:2014年8月16日至28日,第二届夏季青年奥林匹克运动会(青奥会)在南京举行。笔者作为志愿者,组织学校师生参加了保持环境卫生、地铁安全检查等工作。

青奥会开幕式

圣火熊熊燃夜风，环球焦点聚石城。
青春飞舞中兴梦，光电编织大汉声。
沙海联通西域路，浑天探索紫金峰。
良辰丽景迎宾客，天亦生情雨放晴。

注:开幕式大型文艺演出中,演员在光电、音乐的烘托下,将对和平、友谊、发展、富强的追求演绎得淋漓尽致,彰显了华夏五千年的文明历史和取得的巨大成就。

世军会开幕式观感

世界军人集武汉，熊熊圣火友情传。
电光演绎文明史，巨舰出航东海湾。
战场兵争移赛场，公平竞技勇当先。
和合理念播环宇，铸剑为犁古有言。

注：世军会，指第七届世界军人运动会。

世军会获金牌有感

自古军人备战争，精通武艺是职能。
辉煌战果迷人眼，专业夺牌可算兵？

注：2019年10月，中国人民解放军体育代表团在第七届世界军人运动会上共夺得金牌133枚，超过金牌榜上第二至第八名金牌数之和。

公交车某乘客

英姿健勇男，扶手蜷身翻。
绝技惊乘客，人诙竞五环。

香山访战友

刘郎儒雅师陶令，归隐青山淡利名。
小院蔷薇香气溢，蜂嗡蝶舞享天情。

桃花源悲歌

沅水清流仙洞开，渔人误入古秦宅。
山川千古民风朴，今见疮痍百感哀。

注：2014年12月17日，中央电视台《焦点访谈》报道，东晋陶渊明笔下的桃花源所在地湖南省桃源县，工业污染导致当地果蔬畸形，水臭山秃。重读《桃花源记》，让人百感交集。

雾霾天

雾霾障目掩繁星，暗淡春风减柳青。
敢问阴晴奢比圣，人间不辨祖巫惊。

注：《山海经·大荒东经·卷十四》记载，“奢比有神，人面、犬耳、兽身，珥两青蛇，名曰奢比尸。天气之祖巫。”

评《水浒传》

英雄落寞梁山逃，路见不平仗剑豪。
壮志未酬身赴死，招安美酒利屠刀。

小区早春

夜雨温馨润小园，草芽破土带珠鲜。
喳喳翠鸟鸣闲树，款款金鱼戏水湾。

江北工业区浓烟如瀑有感

开天盘古水低流，动魄硝烟漫汗游。
飞瀑逆行违物理，繁荣经济待长筹。

江南春意观画展有感二首

其　一

白鹭翩翩舞稻田，蓑翁清早叱牛鞭。
辛勤渲染江南意，春雨绵绵润旺年。

其　二

日上三竿睡未央，鞭牛晌午汗滴墒。
夕阳篱下一壶酒，醉里乾坤我是王。

清明节

清明游子倍思乡，残月阴沉若冷霜。
漫道江南春暖早，三更衾被裹凄凉。

过鬼节

一片虔心过鬼节，文明都市火猖獗。
亲人孝爱须行早，悔教冥钱解愧结。

注：农历七月半，民间流行过鬼节。是日，南京街头巷尾烟火弥漫，与文明城市不和谐。我们应该传承健康、优秀的民俗文化，文明祭奠。

地米斯托克利

孤弱迎敌萨海湾，波希决战盛名传。
蒙冤更显英雄色，仙去曹营汉土眠。

注：地米斯托克利（前524—前460年），古希腊杰出的政治家、军事家。公元前480年，在萨拉米海战中大败波斯舰队。这场改变世界格局的战争，开启了欧洲文明的新时代，同时也使地米斯托克利英名远扬。遗憾的是，几年后，地米斯托克利因莫须有的罪名遭通缉，被迫逃到波斯，直至终老他乡。他的尸体被秘密运回雅典安葬。

苏格拉底

思想奇人乱世生，揭伪扬善破愚蒙。
西方孔子殉伦理，点亮求真智慧灯。

注：苏格拉底（前469—前399年），古希腊思想家、教育家、哲学家。他对雅典人民的爱，对心灵快乐的追求，对真理舍生忘死的探索，震惊了全希腊。他对人性中的虚伪、怯弱、阴诈，更是进行了无情鞭挞。公元前399年，雅典民主法庭以不敬神和腐化青年的罪名判处苏格拉底死刑。

在欧洲文化史上，苏格拉底一直被看作为追求真理而死的圣人，是西方伦理学的奠基人，被誉为“西方的孔子”，他与他的学生柏拉图，及柏拉图的学生亚里士多德，并称为“希腊三贤”。

吴　起

连下强秦五重城，武卒骁勇善谋兵。
三家分晋开时代，争霸群雄载汗青。

注：吴起（前440—前381年），战国初期军事家、政治家、改革家，兵家代表人物，历史上对他的褒贬不一。正如曹操所评价："吴起贪将，杀妻自信，散金求官，母死不归，然在魏，秦人不敢东向，在楚则三晋不敢南谋。"著有《吴起》48篇，现仅存《吴子兵法》6篇。

公元前409年，魏文侯任命吴起为主将，攻克秦国的河西地区，并在此设立西河郡。吴起担任西河郡守期间，创立了武卒制，规定凡是能够身着全副甲胄，执12石之弩，背负箭矢50个，荷戈带剑，携三日口粮，在半日内跑完百里者，可入选为武卒，免除其全家的徭役和田宅租税。经吴起严格训练的武卒，成为魏国的精锐之师，对敌作战76次，无一败绩。公元前403年，魏联合赵、韩两家攻齐，大获全胜。同年，魏、赵、韩三家又瓜分了晋国，史称"三家分晋"。

李 悝

孔门才子兼儒法，强魏《法经》秦汉袭。
首创平籴农业税，掀翻旧制奠新基。

注：李悝（前455—前395年），战国时法家重要代表人物，为孔门十贤子夏的弟子，主要著作有法家类《李子》32篇、儒家类《李克》7篇、兵权谋家《李子》10篇。李悝思想的最大特点是“不法古，不循今”。令人扼首的是这三本著作只有零简残篇传世。

李悝在担任魏文侯丞相时，编撰、推行的《法经》共6篇，即盗、贼、网（或囚）、捕、杂、具，是我国古代第一部比较完整、系统的封建成文法典，后由商鞅带往秦国而演化成秦律，汉相萧何在此基础上制定了汉律，足见《法经》对日后历朝代法律的影响力。

平籴法，即将丰年分成大熟、中熟、小熟三个等级，按比例向农民籴粮；把荒年也分成大饥、中饥和小饥三灾，在大饥之年把大熟之年所籴的粮食发放给农民，其余则类推，以平抑粮价，使平民不因饥而逃。取有余以补不足，魏国得以富强。

李悝推行的变法，是中国变法之始，进而引发了中国历史上第一次全国性变法，主张废止世袭贵族特权，提出“食有劳而禄有功，使有能而赏必行、罚必当”的思想。这是中国历史上第一次废除世袭制度，一些出身于一般地主、平民阶层的人，因战功或其他才能而跻身政界，开创了地主阶级对奴隶主贵族的斗争，为以后封建制代替奴隶制开辟了道路。

柏拉图

崇弘理想美男杰，理念论说唤醒觉。
肉欲灵魂人兽异，追源溯本启科学。

注：醒觉，即觉醒，明白。

柏拉图（约前427—前347年），古希腊哲学家，也是西方哲学乃至整个西方文化最伟大的哲学家和思想家之一。柏拉图哲学的核心概念是"理念"，他的哲学亦因此而被称为"理念论"。他认为，自然界中有形的东西是流动的，但是构成这些有形物质的"形式"或"理念"是永恒不变的。他指出，当我们说到"马"时，我们没有指任何一匹马，而是称任何一种马，"马"的含义本身独立于各种马（"有形"的），它不存在于空间和时间中，因此是永恒的。但是某一匹特定的、有形的、存在于感官世界的马，却是"流动"的，会死亡、会腐烂。

柏拉图深刻揭露了现实世界中的丑恶，他的教育思想集中体现在他的代表作《理想国》中。书里描绘了理想乌托邦的情景：国家由哲学家来统治，公民划分为卫国者、士兵和普通人民三个阶层。每一个人在社会上都有其特殊功能，以满足社会的整体需要，男女平等，每一个人做自己分内的事而不打扰别人。

公元前387年，柏拉图在雅典创办学园，收徒讲学，建立起欧洲哲学史上第一个系统的以理性为基础的客观唯心主义体系。他一边著书，一边向学生传授自己的思想。成千上万的希腊人乃至地中海地区的人在这里学习，研究事物背后发展的规律，这些规律我们今天称之为科学。柏拉图为后来的西方思想奠定了基础，指明了方向。

商　鞅

重典安邦不畏魔，连番变法强秦国。
功高盖主莫须罪，车裂尸身费咏哦。

注：商鞅（约前395—前338年），战国时期政治家、改革家、思想家，法家代表人物。商鞅通过两次变法，使秦国成为富裕强大之国，为后来秦始皇横扫六国统一中国奠定了基础。政治上，商鞅改革了秦国户籍、军功爵位、土地制度、行政区划、税收、度量衡以及民风民俗，并制定了严酷的法律；经济上，商鞅主张重农抑商，奖励耕织；军事上，商鞅作为统帅，率领秦军收复河西失地。

公元前338年，秦孝公亡，同年商鞅被人诬陷谋反，死于封地，其尸身被带回咸阳，处以车裂后示众。

赞丁汝昌

百年积弱又昏君，一死出征泣鬼神。
休道硝烟甲午惨，丁公壮烈励儿孙。

评周瑜

自古英雄出少年，少年果敢无羁牵。
生瑜生亮先天定，顾曲周郎负虑偏。

注：顾曲周郎，原指周瑜精于音乐，后泛指爱好音乐或有很高音乐素养的人，语出唐诗《听筝》："鸣筝金粟柱，素手玉房前。欲得周郎顾，时时误拂弦。"

评李广

休说李广断功缘，策马胡尘勋矗天。
计首封侯唯数论，英雄难过利名关。

注：《史记·李将军列传》记载，李广智能双全、英勇善战，一生与匈奴战斗70余次，常以少胜多，险中取胜。匈奴惧其威名，称李广为"飞将军"，不敢与李广正面交战，使李广无法依汉律计算杀敌首级至规定数目而论功封侯。元狩四年（公元前119年），李广因迷路贻误战机，招致小人算计，愤愧自杀。成语"李广难封"（功高不爵，命运多舛），王维《老将行》"卫青不败由天幸，李广无功缘数奇"，把李广功勋卓著而未能封侯的原因归结为命运不济。

赞李广

每阅汉书意气低，英雄相爱泪沾衣。
冯唐易老非时蹇，李广不封甚讶奇。
智勇将军驱外寇，邪淫刀笔胜强敌。
恩仇必报大丈夫，桃李无言下自蹊。

南霁云

危难方显男儿志，赴义憾无斩贺兰。
自古中华多烈士，名垂青史壮河山。

注：南霁云，唐朝玄宗、肃宗时武将，出身贫寒。安禄山作乱时，以“守一城，捍天下”（韩愈语）之英雄气概，协助张巡死守十万叛军围困的睢阳城。为解围，南霁云率30名骑兵突围，向河南节度使贺兰寻求支援。贺兰却按兵不动，南霁云于宴上拔刀自断手指责其不义，归途射箭于佛塔曰：“吾归破贼，必灭贺兰，此矢所以志也。”后因弹尽粮绝，睢阳城陷，南霁云宁死不降，拒绝高官厚禄的引诱，慷慨就义。

萧 何

文佐刘邦称霸雄，武怀骁勇万千兵。
功高忌主名节毁，谁解萧何自废功？

注：萧何以运筹帷幄、决胜千里的雄才大略，辅佐汉高祖刘邦夺取天下，被列为开国第一功臣，封为酂侯。萧何因为功高盖主而被刘邦猜忌，为消除刘邦的猜忌，萧何两次辞谢加封，捐财资国，违背心愿地自污名节、降低声望。得知自己推荐并被重用且与自己私交甚笃的韩信谋反时，萧何又巧设计谋捕杀韩信。“成也萧何，败也萧何”，成为千古之叹。

望月有怀

《古朗月行》百代传，嫦娥奔月感人间。
借得牛顿天文镜，惊见银盘万座山。

注：《古朗月行》为李白咏月名诗，“小时不识月，呼作白玉盘……”

牛顿天文镜，指牛顿反射式望远镜，是迄今为止使用最广泛的反射式望远镜。通过望远镜探月，可见月球表面层峦叠嶂，大大小小的环形山星罗棋布。据统计，直径大于1千米的环形山达3万多个。原来洁白如玉盘的月亮，借助科技手段观察，表面如此凹凸不平，可见人类对自然的探索永无止境。

借助天文望远镜观天有感

乘坐地球太空船，舱中富丽百花繁。
开窗窥望清霄景，方晓家园似弹丸。

望月有思

皓月窗前照，幽兴不禁生。
还思荒古月，那会惑何猩。
猩化今时我，月袭远代明。
谁知千纪后，望月梦什情。

观牛女星

银河璀璨望长空，织女牛郎爱意浓。
不老两情相守望，回眸一笑廿年钟。

注：牛郎、织女的爱情故事寄托了人类对爱情、家庭的向往。牛郎星、织女星实为类似太阳的巨大火球(恒星)。天文学家测得牛郎星和织女星距离地球分别约16光年和26光年，两星间的距离约16.4光年，即织女星发出的光要经过约16年5个月才能到达牛郎星，牛郎看到的织女的“美貌”，自然也就是十几年前的样子了。

天狼星

天上星星明智炬，天狼偕日降甘霖。
尼罗河畔农耕启，人类扬镳分兽禽。

注：智炬，佛教语，指能破除迷暗的智慧。

在古埃及，每当天狼星在黎明时分从东方地平线升起（这种现象在天文学上称为“偕日升”）时，正是一年一度尼罗河泛滥之时，洪水灌溉了两岸土地，植物生长繁茂。约一万年前，埃及人开始在尼罗河边种植作物，使人类终于摆脱了野兽般的生活。

星空遐想

星空璀璨月西沉，牛女隔河示爱魂。
陨坠流星划畅想，或为觅友外星人。

秋　吟

昨夜秋风劲，阴霾一扫清。
江山无限碧，万里奋雄鹰。

自酿葡萄酒

嵩山玛瑙诱人香，纳入瓶中梦酒芳。
畅饮红醪宾主醉，黄粱梦炸“血”横堂。

注:笔者驾车去河南旅行,游完少林寺,见路边葡萄芳香诱人,遂购回家中酿酒。因无经验,瓶口未留排气孔,半夜葡萄发酵,气体膨胀,瓶内压力过大,导致爆炸,满屋红醪残香,一片狼藉。

读《诗经·采薇》有感

雨雪霏霏心寄处，依依杨柳往昔兴。
一吟共鸣称绝句，复诵强忍泪满盈。
越鸟南枝胡马北，生灵秉性蕴真情。
眷心憔悴不知悔，点亮心灯照远程。

心　思

久立窗前无睡意，玉盘西去欲流连。
嫦娥许是心思重，追悔当年事未谙。

贺屠呦呦获诺贝尔奖

呦呦角鹿觅青蒿，惊世一鸣取锦标。
古药《诗经》齐放彩，创新发现路艰遥。

注：2015年，中国科学家屠呦呦获得诺贝尔生理学或医学奖，一举改写了中国本土科学家从未获得诺贝尔科学奖项的历史。《诗经·小雅》有云："呦呦鹿鸣，食野之蒿。"2000多年后，呦呦一鸣惊世，将青蒿素这一传统中药，作为礼物贡献给全人类。

观足球

休言寻恼看足球，"恒大"连番冠亚洲。
寄语健儿鼓余勇，凯歌高奏五大洲。

颂中国维和部队

世界维和大义担，安民灭火誉名传。
和平发展成时势，虾蟹翻江应自惭。

观大阅兵

——纪念抗日战争胜利七十周年

屡争屡败晚清史，胜利不改丧主权。
兵弱国颓终一去，铁军滚滚看谁拦。

驱车过贺兰山缅怀岳飞

自幼钦崇岳飞名，贺兰高耸势恢宏。
驱车电掣今重越，壮烈高歌《满江红》。

夜航偶得

银燕扶摇上碧霄，试同明月比谁高。
可知寒寂嫦娥悔，高处孤芳不自聊。

观烧香求签有感

烧香跪拜盼祺祥，菩萨当真认孔方？
高价吉签非久乐，清心正气自安康。

中学生涯

煤渣跑道围操场，六载中学五载逍。
争冠勇夺八四百，足球省内列前茅。

注：笔者曾就读于滁县（现滁州）二中，初中、高中六年学习期间，只有1978年即将参加高考那年，才静下心来学习，其余五年时间基本泡在了田径场、足球场。当时田径场的跑道都是用煤渣铺就的，中间围成的空地大操场上生长着生命力旺盛的野草，也就成了简易的足球场。在田径400米、800米和三级跳远比赛中，笔者多次夺得二中或全县第一或第二名。笔者曾代表滁县参加安徽省中学生足球比赛，获得第六名。

无　奈

风拂柳叶轻，耳伴鸟吟经。
梦枕林荫下，手机广告惊。

手机拜年

平明鞭炮梦中催，来电铃声似扣扉。
海北天南皆拜遍，开轩瑞雪正翩飞。

车过钱塘江大桥

钱塘江海连，阻断沪杭天。
湾险沙淤滞，风高鸟复旋。
龙颜微动怒，潮信立惊澜。
今日飞车过，李春应梦安。

登象山东门岛观海二首

其 一

登高一望海天长，几朵青莲涌大洋。
骇浪腥风鸥迹杳，谁持帆影下苍茫？

其 二

一船正鼓帆，出海黯云间。
撒网狂澜里，珍馐宴有残。

普陀山二首

其　一

东海镶蓬岛，观音显圣身。
弘佛不肯去，广度善行人。
渔鼓禅钟远，香阁礼愿深。
欲得菩萨佑，向善守仁心。

注:普陀山为观音菩萨道场,民间传说有多种版本。

其　二

青山挽紫云，法雨沐贫身。
道场香烟袅，观音在内心。

国家公祭日感怀

晓月吴钩照大江，铭心国耻怒东洋。
头颅卅万容偷改？天地人知戒鬼肠。

宝华山隆昌寺见月祖师塔

寺院西山草木深，莺啼花舞护高坟。
生前普度民疾苦，著作荫泽后代人。

注：宝华山，位于江苏省句容市，为佛门律宗第一名山。隆昌寺始建于南朝梁代。见月和尚（1601—1679年）为宝华律宗第二代祖师，生前弘法扬善，使隆昌寺名声大作。见月和尚的另一功绩是为后人留下了丰富的佛学著作，成为律宗佛经的重要组成部分。

参观少林寺五首

其　一

久仰少林名，今朝夙愿成。
柏森禅院静，雨旆梵钟萦。
身在江湖险，心临梵界空。
归途思治养，还慕少林功。

其　二

威名久见传，乘雨上嵩山。
古刹山门朴，禅宗妙理宽。

其　三

少林寺里觅春秋，玄烨题名耀九州。
贝叶经藏脱苦计，晨钟梵响启良谋。
还思觉法禅宗始，复看武功万古流。
广纳西学为我用，强邦富民大业稠。

其　四

中华武术少林渊，千载兴衰气脉延。
觉法立禅思素壁，跋陀开寺起嵩山。
护国取义僧家勇，佑民传佛百姓虔。
文武双修得密旨，明心见性法天然。

注：觉法，为菩提达摩的意译。

其　五

剑影刀光闪电来，脚飞石断掌劈槐。
中华武术强身魄，文武兼怀霸业开。

参观陨石展随感

天外重天客喜临，身携密码觅知音。
闻知宇内无生物，惟赖地球庇子民。

弥勒佛

人生一场几十秋，烦恼缠身欲念稠。
应晓安神常笑口，学佛肚大化千忧。

赞国庆大阅兵

将士汇都城，七十再点兵。
铁流威武滚，正步壮情行。
世界风云乱，国家日月兴。
扬威贼丧胆，耀武捍和平。

赞张良

身怀文武斩群枭，功盖国君勇退朝。
天下平安弓忌惮，英雄末路始觉高。

读《后汉书·张衡传》有感

浑天地动测乾坤，理论发明著等身。
算罔精言数术璧，二京大赋文学珍。
从民志远通今古，入仕廉直效主君。
科圣光辉彪史册，至今明月伴英魂。

注：张衡，东汉时期伟大的科学家，在天文学、数学、机械技术、文学等领域多有建树。浑天仪、地动仪是张衡一生众多发明中的代表作，他被后人尊称为“木圣”（科圣之意）。国际天文组织为纪念其在天文学上的突出贡献，将月球上的一处环形山命名为“张衡环形山”。

赞孙武

兵书举世修，健笔战春秋。
怒斩吴妃首，威凌楚越丘。
王天三万勇，掠地五捷谋。
进退皆兵法，高山止敬眸。

注：孙武，春秋时期著名的军事家、政治家，著有《孙子兵法》。该著作被誉为“百世兵家之师”，先后被译为英文、法文、德文、日文等，成为国际最著名的兵学典范之书。王天三万勇，意为称王天下只需三万勇士，语出《尉缭子》：“有提十万之众，而天下莫当者谁？曰桓公也。有提七万之众，而天下莫当者谁？曰吴起也。有提三万之众，而天下莫当者谁？曰武子也。”怒斩吴妃首，引自典故“孙武斩宫嫔”。

读贾岛诗感怀

胡须捻断苦推敲，意会心中窘落毫。
两句三年得本义，诗奴韵事范高标。

有感珠峰垃圾泛滥

天荒地老创极观，险境难拦是脚尖。
海底观光成旧事，太空探胜已不鲜。
珠峰跋涉逾局限，弃物忧思复蔓延。
倘若地球无净土，人踪血脉向何安？

参观红场列宁墓感怀

欧亚迢迢乘燕飞，摇篮圣地觅芳菲。
列宁红场丰碑在，犹诫和平演变危。

手机养生秘诀泛滥有感

困惑手机叫，秘诀入眼晕。
养生多水饮，保健少水斟。
自己非真信，他谁或信真。
知君传善意，滥转益何人？

宅家抗新冠肺炎有感

新冠病毒气焰凶，蜗居窥道沐春风。
一壶茶水乾坤大，半部经书理论宏。
反省生灵兼利害，昭知万物共枯荣。
仰天试问何医治，滥噬唯依重典行。

致敬天使

请战征书作雪飘，夜驰武汉灭毒妖。
谁言天使皆神话，血铸传奇壮我朝。

抗疫必胜

危机出本色，天使是白衣。
新冠病毒虐，仁心妙手医，
神州发励志，天道必逢吉。
待到风淫后，江山更曜奇。

注：风淫，中医学谓外感性疾病的致病因素之一，语自《左传·昭公元年》："六气曰阴、阳、风、雨、晦、明也，……阴淫寒疾，阳淫热疾，风淫末疾。"金人元好问《九月初霖雨中感寒痺作》："留饮工作祟，臂股半风淫。"

庚子年立春

春风浩浩暖金陵，唤醒梅花荡柳英。
借取东君万钧力，诛除疫情九州兴。

庚子年早春

沿湖岸柳又逢春，千缕鹅黄扭嫩身。
不与他年相似景，枝头鸟语问无人？

注：2020年早春，受新冠肺炎疫情影响，玄武湖公园自建成对外开放以来首次封园。隔路相望，柳黄扬春，人影息踪，令人感慨万分。

庚子年初春游紫霞湖思元稹《行宫》

闲暇无所好，茶罢偶诗鸣。
意境终觉浅，灵通寂寞清。

注：新冠肺炎疫情严峻时期，中山陵景区自建成对外开放以来首次封园（不对游客开放），昔日游人、冬泳爱好者云集的紫霞湖，在四周宁静空气的笼罩下成为一潭毫无生气的清水，寂寞之情油然而生。联想起元稹《行宫》诗中的“寂寞红”，笔者顿时领悟到情绪为什么也会有颜色。

赞白衣勇士

鬼魅兴风再虐华，硝烟匿影滥毒杀。
挺身敢问谁敌手，立马横刀素甲侠。

赞日本援华抗疫并赠唐诗

家国抗疫侵，感慰自东邻。
济物除邪孽，相诗见善心。
风骚文耀采，舍弃语失伦。
两地同明月，真情可瑟琴。

注：失伦，失去应有的条理次序。孔子曰：“不学诗，无以言。”瑟琴，和合友好。日本在我国遭受新冠肺炎疫情严峻时刻，伸出友谊之手，及时援助抗疫物质，并将“青山一道同云雨，明月何曾是两乡”（唐·王昌龄）等古诗贴于包装箱上，表达了一衣带水的友好情谊，咏诗赞之。

纵情山水篇

恋　山

生性痴乡野，千山任纵横。
困眠香草甸，渴饮碧溪羹。
峰险明神志，泉幽惬性情。
自然存妙境，返璞忘心经。

注：心经，此处指世间人们要注意的种种禁忌。

山行十二首

其　一

野鸟恣鸣春，空山雨后欣。
风拂林叶舞，花引彩蝶亲。
碧涧流晨曲，幽阶向晚村。
山茶新佐客，清气溢柴门。

其　二

夕阳方落照，岭上晚霞飞。
谷寂时闻鸟，人归月影随。

其 三

山深绝客迹，竹径锁烟霞。
水流桃花落，蜿蜒绕野家。

其 四

绿水青竹断纤埃，柴门向岭半虚开。
林深径险闲人少，满院柿红悦客来。

其 五

凭眺山吞日，明朝待火红。
时光山里去，客子虑思空。

其 六

春雨初晴鸟恣啼，孤身曲径野亭西。
近溪岩草十分盛，凌顶江山万里熙。

其 七

探景寻幽到野家，竹篱小院满梨花。
欣然山叟招留坐，涧水粗杯泡嫩茶。

其 八

风卷青竹篱下舞，泉击宅壁院外歌。
柴门小叩桃花落，窗下笋菇鲜满箩。

其　九

秋燥寻凉爽，山间翠绿兴。
谷幽泉咏唱，风籁鸟和声。
过障凭猴跃，穿林作虎行。
悠然临梵界，香火入虚空。

其　十

云深石径荒，狗吠隐山岗。
惊起一林鸟，遥知近赵庄。

其十一

清秋山燥野，草萎尚菊明。
似有陶公意，空无杜甫兴。
峥嵘风月事，坎坷世间情。
莫道苍生苦，振衣岭上行。

其十二

寒云锁简扉，远客杖筇窥。
一院空啼鸟，霜阶脚迹微。

山中问花

小花何雅名？能放几时红？
可愿温室养？何堪花受惊。

山 民

山中劳作不知年，采罢春茶养夏蚕。
人事简直心自在，林泉四季佐三餐。

山中梦

帐外雀欢歌，梦乡断南柯。
一间茅舍小，无数野山多。
院后栽梅粟，房前养鹤荷。
临松习孔老，把酒对嫦娥。

穿越大别山

春日远山行，摩云脚下轻。
流泉涤郁闷，嘉木秀空晴。
夜赏银河落，晨邀红日凌。
惜别挥手去，相会再花明。

注:2002年5月,笔者参加极地户外俱乐部组织的大别山行,徒步两天一夜,穿越了大别山腹地,登上主峰白马尖。

登华山三首

其　一

山危刺上玄，路断挂崖间。

凌顶天下小，心胸望远宽。

其　二

古来西岳险，似剑破青天。

势盖三秦地，峰压万座山。

鸟哀插翅断，水啸马蹄喧。

智取绝人路，功成在敢先。

注：水啸马蹄喧，指华山脚下的黄河日夜咆哮，似万马奔腾。

其　三

诸峰拔地向苍玄，飞鸟欲度久盘旋。

鼓勇攀登艰险路，人生处处面关山。

山　中

不羡金堂醉，唯求树下眠。

空山幽瀑伴，相视两心恬。

古道夜行

古道盘辛苦，寻幽沐晚风。
一轮玄静月，几点野村灯。

樵夫歌

一山一径一归樵，一曲清溪一简桥。
一吠一庐一夕照，一歌袅袅紫烟飘。

山中宿营五首

其　一

清风拂我醒，日上翠东峰。
悦耳幽林鸟，逗啼三两声。

其　二

子夜沐清风，疑身玉帝宫。
银河倾欲坠，举手捧七星。

其　三

喔喔悦耳鸡，梦里唤涟漪。
起舞知时晚，闲情步野菊。

其　四

六面莺虫献曲眠，身接地气远心烦。
夜来风雨敲孤帐，合奏新诗驱暑炎。

其　五

残阳低挂岭披霞，邃谷人归笼暗纱。
林鸟清歌召唤我，今夕松下做邻家？

深山遇采药人

日落千山静，林幽百鸟回。
忽闻翁远唱，应是称心归。

扎营檀头山岛海滩

拍帐涛声伴客眠，涨潮惊梦浪逐帘。
银河璀璨牛女近，海角天涯夜缠绵。

五四青年节参加南京自由行走户外俱乐部穿越汤山九连尖活动有感

知命之年未苟安，青年节日再发癫。
自由行走五十里，汤岳诸尖我为巅。

注：汤岳，即南京东郊汤山，风景优美，9座山峰一字排开，是户外徒步爱好者时常行走的地方。

秋游邵伯湖

秋水接天映暮晖，篷帆收网满仓归。
渔歌穿过芦花荡，惊起青凫掠水飞。

登高骊山

险峻七峰一字开，登高为看断送台。
江南首战杀倭寇，啸啸山风壮我怀。

注：高骊山，位于镇江西南，7座高低不等的山峰拔地而起，由东向西排开，山险路阻，常人难以攀越。1938年6月17日，新四军在高骊山脚下痛击日寇运输车队，击毙、击伤日寇20余人，取得新四军挺进江南的首战首胜。

过河南郭亮挂壁公路

丹岩壁立九重天，阻扼雄鹰振翅难。
王莽兵逃凭险处，穿云入洞卧龙蟠。

船游兴化千垛油菜花田

千垛漂浮万亩田，黄花摇曳画图间。
水乡景致绝天下，缕缕清香上客船。

齐云山二首

其　一

山高云并立，桥瑞过登封。
明月天门度，丹霞峭壁生。
众仙临幸地，香火旺天宫。
方腊今何在？凝神五老峰。

其　二

崖耸三千丈，峰叠一万重。
岂独西岳险，此地树悬空。

注:齐云山是道家的“桃源洞天”,与江西龙虎山、湖北武当山、四川青城山并称为“中国四大道教圣地”。唐代元和年间,道教传入齐云山。明代嘉靖和万历年间,张真人祖师三代奉旨驻留齐云山,修建道院。道院香火日盛,渐渐成为江南道教活动中心。全山为典型的丹霞地貌,地质构成为层积砂岩,赤如朱砂,灿若红霞。宋徽宗宣和二年(1120年)秋,方腊起义,一时威震东南。宋徽宗曾下令童贯率十五万大军镇压,方腊义军在齐云山上屯兵抵抗。至今,山中还有当时战争的遗迹。

盆栽还魂草

齐云山神佑，还魂草采归。
日日勤肥水，时时观盛萎。
阳光黄叶卷，雨水绿枝垂。
草木承天性，天人道法随。

登山遇彩虹

天公挥彩笔，雨过彩虹飞。
满目山峦翠，游人乐不归。

雪中行三首

其　一

推窗遥望雪翩翩，独步逍遥到岭前。

玉树银花尘念远，更有鸟与我啼闲。

其　二

天寒一夜冻千山，飞瀑冰封挂玉帘。

雪染松头白未老，乾坤见处尽清妍。

其　三

踏雪寻芳去，山空寂鸟音。

乾坤清似玉，悦目净尘心。

游西湖怀苏公

平湖云影碧连天，人面桃花红柳烟。

对景欲吟愁墨少，相宜西子胜千篇。

游渔山列岛

万里海疆几粒沙，亿年造化灿如霞。
浪来掀起千层雪，潮去抛除一岸虾。
天水交融娱视野，鸟鸥任性戏渔槎。
心欢最是三更夜，璀璨群星不胜遐。

渔山列岛观日出

大海扬歌启夜帘，游人翘首立沙滩。
一团火焰波间涌，万朵云霞绽牡丹。

观海涛

惊涛拍岸响天雷，激起银花耀日辉。
精彩人生留绚影，波平后浪又前推。

游西塘四首

其　一

舟楫代步览西塘，度巷穿桥水路长。
廊院苍苍盈浪客，吴歌袅袅绕文窗。
宵烟有意迷归路，晓雨无声入梦乡。
小坐茶坊思绪恍，流年故事入茗汤。

其　二

才下石桥又上桥，游人倩影水中娇。
连营商号高高挂，直与苏杭媲庶饶。

其　三

江南四月暖风轻，水墨人家入眼明。
晓月弯成童稚梦，晨风漫抚故时亭。
长廊栉比限河起，绿柳扶疏倚岸生。
欸乃篷舟摇里曲，游人犹作古时行。

其　四

雨巷平明古朴风，桥头小店豆汁浓。
忽闻栏外艄公曲，唤醒他乡抚旧翁。

再游西塘

依旧石桥对水流，千帆阅尽未知秋。
当年景在人何去？灯火阑珊月倚楼。

游周庄

桥上行人桥下船，船娘吴韵绕河湾。
明砖清瓦千年画，古巷蹄香话万三。

注：万三，指沈万三，富可敌国，因用猪蹄招待朱元璋，机智化解提问，留下“万三蹄”这一传统名菜。

山中觅籁音

小坐翠岚亭，悠然赏妙声。
松涛歌劲壮，泉水笑轻盈。
相望天云近，间闻林鸟清。
恍惚桃园里，复返满天星。

春 游

欲脱俗务漫缠身，即路南行向岭村。
无限春光追野老，一时意气上青云。
岚烟悦目梨花灿，晚雨扑身涧水吟。
更有醪糟庄户酒，如诗月色教人醺。

听 瀑

连雨春犹盛，倏晴夏已深。
闲听云外瀑，欲寡惬十分。

游皖南三潭十里画廊三首

其 一

春水盘山碧玉流，烟岚雨后乘风柔。
村郭隐翳香樟寂，峰壑潺湲瀑布幽。
枇杷新熟吟翠岭，黄梅古韵唱琼楼。
兰舟荡漾尘心远，疑入蓬莱妙境游。

其　二

潇潇午雨洒江天，岭下山村笼雾岚。
载笑兰舟穿画里，清茶在手羡何仙。

其　三

移舟漫步到三潭，雨洗枇杷户户鲜。
遥忆当年约逸友，巢湖岛上话杷缘。

野路穿越雁荡山七连尖

云中野草没头巾，一路莺歌醉我心。
道险谷幽天欲晚，隔崖犬吠到前村。

雁荡山观日出有感

旭日东方启，霞光壮眼眸。
诗花明万里，晨曲溢八州。
国势蒸蒸上，民生旺旺遒。
腾龙华夏舞，大地正丰收。

行摄花间

浪漫春花诱众癫，徜徉红绿忘流年。
蜂蝶与我争娇艳，纳入镜头陶醉还。

纵马内蒙古草原

蓝大灿日草青青，恣意扬鞭马上轻。
一代天骄千古去，还留身后奋蹄声。

草原夜宴

奶酒开怀舞亢扬，草原宴客烤全羊。
夜光杯下谁豪纵，篝火煽情醉远乡。

登江郎山一线天

仙界人间一线牵，欲登崖路九重关。
有心赏景忧崎险，无意摩云已御天。

登四姑娘山三首

其　一

久闻姐妹四峰峋，今日凌巅更撼心。
百岛峥嵘浮巨浪，一峰凸傲定海针。
天开玉宇迎凡客，日照金山送月神。
锦绣山川酬壮志，诗逢绝境笔销魂。

其　二

四女亭亭旷世生，冰清玉立美倾城。
风情垂顾征服汉，艳遇惊魂在险峰。

注：四姑娘山，位于四川省阿坝藏族羌族自治州小金县，由横断山脉中四座毗连的山峰组成。景区内或蓝天白云，或烟雨蒙蒙，山峰冰雪皑皑，气势磅礴；山坡林木茂盛，绿草茵茵；山沟溪流潺潺，湖泊凝碧。四姑娘山四时风光锦绣，被誉为“中国的阿尔卑斯山”。“四姐妹”南北一字排开，“四妹”最高，海拔6250米，“大姐”“二姐”“三姐”海拔分别为5355米、5454米、5664米。

其　三

夜来淫雨打孤篷，缺氧高寒复北风。
梦幻危岩携我坠，醒苏弦月挂空明。
泰山压顶绝人处，天道驱魔度众生。
克险身临风景上，抒思成败在从容。

游台湾返回途中

倚窗垂首望，翡翠落银盘。
同祖炎黄始，一涛两岸担。
分离无限恨，团聚万家欢。
往返几多碍，心期一统天。

雨中登马仁奇峰

莫道青山世未传，只缘林密锁危岩。
回眸日月凭虚处，疑是身在天外天。

注：马仁奇峰由太阳山、月亮山两座山组成，两山各天然形成一门洞，名曰太阳洞、月亮洞。

响沙湾感怀

风梳万里沙，潮起涌波花。
欲探天工妙，昆仑也有涯。

过阴山

大漠周游觅戍烟，阴山脚下马蹄喧。
秦关已废匈奴地，汉月长明塞北天。
汉蒙融合华夏久，江山一统草原安。
先王霸业今兴盛，万里长征又响鞭。

游万佛湖

波光潋滟远山浮，出水蛟龙锁碧湖。
大禹子孙多壮志，往昔荒岭起瑶图。

注：万佛湖，位于安徽省六安市舒城县，是著名的淠史杭水利工程的重要组成部分。皖西人民用手挖肩挑方式筑起的千米大坝，似蛟龙卧于山间，截断上游来水，变水患为水利。景区内群山环抱，绿岛浮动，鸥鸟翔集，舟楫渔歌，令人流连忘返。

塔川掠影

塔川正仲秋，黛瓦隐山沟。
叶红千户院，童笛伴牧牛。

注：塔川，即塔川村，位于安徽省黄山市黟县。

穿越皖西大裂谷

峭壁夹身不见天，三关鬼遇亦惊颜。
何劳万里东非路，裂谷还看大别山。

注：皖西大裂谷是华东地区罕见的地质奇观，被称为中国的“东非大裂谷”。高耸入云的大山似被天外之力横劈为两半，两崖壁对峙形成狭长裂谷，仅容一人通过，途中天然形成的三处险关，非经奋力不能逾越。

望彩虹瀑布

秋山绚丽雨轻阴，天上飞泉向客倾。
驾雾涤心云汉外，彩虹不见也驰情。

注：彩虹瀑布，位于岳西县北部黄尾镇境内。瀑布高约80米，宽约25米。水流自猴子崖飞泻而下，气势磅礴，其声如雷，游人临近犹如腾云驾雾。当阳光照耀到水雾时，会映射出一道美丽的彩虹，故名彩虹瀑布。时至秋雨空蒙，虽无缘见到彩虹，但多彩的山林、飞泻的泉瀑、碧绿的潭水、悦耳的鸟鸣、清新的空气，也构成了一幅立体的秋山锦绣图，令人神往。

农　家

农舍傍溪流，风斜柳叶稠。
燕子穿堂过，牛鞭舞沃畴。

荷　乡

田田荷漫野，点点大红珠。
六月水乡秀，莲歌出画图。

登天柱山

擎天一巨柱，云平四海围。
江山千万里，俯仰任心飞。

山　趣

钻山涉水觅清心，野草闲花悦眼睛。
坐爱顽石观瀑曲，胜是金堂浮噪音。

春日再山行

胜日野山行，春花树下明。
临风犹翘首，摇曳客牵情。

游西江千户苗寨

西江富衍一方土，千户苗家隐大山。
华夏文明薪火续，蚩尤后代觅发端。

游荔波小七孔瀑布群

百层泉瀑竞风流，绘写黔南巨画轴。
野叟托兴图上度，流连欲走又回眸。

农家休闲

庭院深深玉簟凉，葡萄满架欲流浆。
闻莺半梦还犹醒，扑面酸甜唾液芳。

游荔波大小七孔桥

久闻七孔秀，万里我奔驰。
瀑奏烟松曲，风吟曙日诗。
行人穿地洞，飞鸟越悬石。
九寨非绝水，黔南妹有姿。

参加镇江金山湖冬泳活动

寒流呼啸下江南，横扫金山万木残。
昔日白娘肠断处，群英戏水纵情欢。

畅泳三亚海湾

南疆一望眼界宽，落日凌波艳欲燃。
挥臂扬情逐海燕，狂澜载我荡秋千。